B's-LOG BUNKO

アラハバートの魔法使い

～1ディナールではじまる出逢い！～

仲村つばき
Tsubaki Nakamura

ビーズログ文庫

Contents

アラハバートの魔法使い

～1ディナールではじまる出逢い！～

人物紹介

シェヘラザード

魔人の父を持つ“半魔人”の少女。父が入ったままの「魔法のランプ」が盗まれ、後を追いかけるが――現在砂漠で遭難中。

サディーン

絶世の美貌を持つ、大型商業ギルドの長。砂漠で遭難中のシェヘラを（※有料で）助けた守銭奴な青年。彼女のランプ捜しに協力することに。

カイル

サディーンの右腕&幼い頃からの付き合い。しっかり者で冷静。

アフガット第一王子

アラハバート国の次期国王。歴代の王とは異なる容姿を持つ。

ラティーヤ第二王子

アラハバート国の第二王子。密かに次期国王の座を狙っている。

イラスト／サマミヤアカザ

アラフォー賢者の魔法使い

～1ディナールではじまる出逢い！～

序章　遭難少女と砂漠の青年

気がついたら、砂漠《さばく》のど真《ま》ん中《なか》にいた。

シェヘラザードは念《ねん》のため、三回まばたきをしてみた。一回目は、広大な砂の海が、ずっと、ずっと向こうまで続いていた。

二回目は、ぼろきれのような服を着た三人の男が、尻餅《しりもち》をついたまま立ち上がれない自分を上から下まで眺《なが》めている様子《ようす》が見えた。

三回目は、まぁ今のはきっと白昼夢《はくちゆうむ》か何かだわ、と念押しのまばたきだったのだが、風が吹いて、砂粒《すなつぶ》が目に入った。痛《いた》い。赤と緑のまだら模様《もよう》の瞳《ひとみ》に、じわりと涙《なみだ》がにじんだ。

「珍《めずら》しい目の娘だなぁ、おい。王のハーレムに売り飛ばしたら俺たち一生食えるんじゃないか？」

酒で潰《つぶ》れたがらがらの声で、赤い鼻の男は喋《しやべ》った。ああ、やっぱり白昼夢でも何でもなかったみたい。シェヘラは絶望した。

「こいつを連れて王都まで行くだけで、俺たちがすかんぴんにならぁ。とりあえずこいつは荷物ごと、途中《とちゅう》の集落《しゅうらく》で売り飛ばそう」

男のひとりが、シェヘラが背負《せお》っていた群青《ぐんじょう》色の布を剝《は》ぎ取ろうとした。シェヘラは思わず金切《かなき》り声をあげる。

「やめて、触らないで！」

「お前、自分の立場分かってるのか？　俺達はいつでもお前を殺すことができるんだぞ？」

ナイフを突きつけられて、彼女は唇《くちびる》を嚙《か》む。

シェヘラが背中の布を自分の体にぐるぐると巻き付けていたので、仲間の男達は先に彼女の荷物をひっくり返した。出てきたのは、大小さまざまな形の金色のランプ十七個、そして林檎《りんご》がひとつだけ。

「……ずいぶん偏《かたよ》った荷物だな」

「ランプはともかくとして、林檎はいらねぇな。そいつに返してやれ。村につくまでに餓《う》え死《じ》にされたら、こっちが困る」

林檎を放り投げられ、シェヘラはひとまず息をつく。

危なかった。

もしこの林檎の本当の価値を知ったなら――……男達は迷《まよ》わず金のランプよりも、林檎の方を奪《うば》い合っただろう。

シェヘラは自分の中にどれくらいの力が残っているのか、考えてみる。男三人を相手に、この砂漠から逃げ切るには背中の絨毯《じゅうたん》を使うしかない。

だが、絨毯は自分の言うことをきちんと聞いてくれたためしがないし、魔力もほとんど残ってない。頼みの綱《つな》も、今はただの大荷物だ。

(力が溜《た》まるまで、大人しくしていた方がいい？　でもその前に絨毯を取り上げられたら、もう逃げられない。どうしよう)

シェヘラは、父から貰《もら》った三つの道具のうちの一つを、既《すで》に失《うしな》っている。このうえ絨毯や林檎がなくなってしまったら、もう二度と父と再会することは叶《かな》わないかもしれない。

それだけは、ぜったいに嫌。

シェヘラはいちかばちかに賭《か》けることにした。男が彼女を拘束《こうそく》しようとロープを取り出すと、シェヘラも素早《すばや》く体にくくりつけていた紐《ひも》をほどいて、力の限り叫《さけ》んだ。

「さぁ！　あたしを乗せて飛びなさい！」

ばさり、と群青色の絨毯は地面に落ちて砂埃《すなぼこり》を上げた。縁取《ふちど》りの細かい金刺繍《ししゅう》が、砂を被《かぶ》ってもなお輝《かがや》く上等な品だ。

だが、絨毯はうんともすんとも言わず、ただ砂風呂《すなぶろ》に浸《つ》かって沈黙《ちんもく》しているだけだった。

男達はしばらくの間あっけにとられていたが、やがて我《われ》に返ったようにシェヘラにロープを巻きつけ始めた。

「ちょ、ちょっと絨毯！　あたしの命令《めいれい》が聞けないの⁉」

諦《あきら》めきれず、シェヘラは絨毯に向かって叫び続ける。

「あにきぃ、やばいよこいつ。頭どうかしてるんじゃ」

「まあ、この砂漠にひとりでいる時点でちょっとおかしいからな。売り飛ばすまでにイカレてるのがばれなきゃ大丈夫《だいじょうぶ》だろ」

「離して！」

思い切り足を蹴《け》り上げたら、男の股間《こかん》に命中《めいちゅう》した。悶絶《もんぜつ》する仲間を見て、残りふたりは額《ひたい》に青筋《あおすじ》を立てる。

「女だからって手加減《てかげん》してやれば調子に乗りやがって。自分の立場ってもんを、分からせてやらなきゃなんねぇな」

男のひとりが、丸太《まるた》のように太い腕を振り上げる。

殴《なぐ》られる！

思わずシェヘラはぎゅっと目をつむった。しかし、痛みはなかなかやってこなかった。

おそるおそるまぶたを開けると、男は目を血走《ちばし》らせ、鼻を膨《ふく》らませた形相《ぎょうそう》のまま停止していた。振り上げた腕は、エメラルドの装身具《そうしんぐ》をつけた別の腕に、押さえつけられている。

「ガキに手を出すとは、ギルドの人間じゃねぇな。おたくら」

乾《かわ》いた砂漠に似合《にあ》わぬ、甘《あま》い声がした。

そこにはひとりの青年がいた。

浅黒《あさぐろ》い肌に、ルビーの縫《ぬ》いつけられたターバンの下から覗《のぞ》く雪豹《ゆきひょう》のような白い髪。金に輝く瞳は、まっすぐシェヘラの方に向けられている。

「あんた、怪我《けが》はないか？」

「え……ええ」

何が起こってるの。

ここは砂漠の真ん中で、自分とこの賊《ぞく》以外には、誰もいないはずで。

（ああもう、頭が追いつかない）

昨日からろくに休んでいない体はとうに限界《げんかい》だった。この状況《じょうきょう》を理解しろと言われても、もう彼女には無理だ。

「てめぇ、いきなり何すんだ！」

男ふたりが、青年に襲《おそ》い掛《か》かる。彼は素早い足払いでひとりのバランスを崩《くず》すと、そのまま腹に重たい蹴りを叩《たた》き込み、あっという間に砂地に落とす。続けざまに自分が押さえていた男を、もうひとりの頭めがけて叩きつけた。

お互《たが》いの石頭で潰れた男達が、大きな砂塵《さじん》を舞《ま》い上げて倒《たお》れる。

（つ、強い……！）

ものの数秒だった。思わずへたりこんだシェヘラに、大きな手が差し出される。

彼女は青年の顔をまじまじと見た。切れ長の瞳と、整《ととの》った顎《あご》のライン。彫刻《ちょうこく》のように美しい男だった。

思わず頬《ほお》を染《そ》めたシェヘラは、彼の手の平に自《みずか》らのそれを重ねようとした。

「ところで」

青年が呟《つぶや》いたので、シェヘラはぴたりと動きを止める。

「賊の退治《たいじ》・砂漠からの遭難《そうなん》救助・絨毯およびランプの荷運び代しめて銀貨一枚を請求したいんだが」

――金取るのかよ。

百年の恋も、アラハバートの蟻地獄《ありじごく》の中へと吸い込まれていったのだった。

第一章　半魔人とギルドの商人

アラハバートの国に横たわるように広がるアフラ砂漠《さばく》。南へ向かえば港町バスコーに、北へ向かえば神殿《しんでん》やわずかばかりの集落《しゅうらく》・耕地があるイスプールへつながっている。

シェヘラの脇《わき》で、絨毯《じゅうたん》を小脇に抱えた青年は、黙々《もくもく》と東へ向かって歩いていた。

「俺はサディーン。ここら一帯《いったい》の商業ギルドの者だ。あんたは？」

サディーンは手の平の上で銀貨を遊ばせながら、シェヘラのつむじを見下ろしていた。

「シェヘラザードよ。……北から来たの」

「ここはバスコー付近《ふきん》だぞ。砂漠の向こう側から、ひとりで来たっていうのか？」

信じられないといったような目をして、サディーンは尋《たず》ねる。

北から南へ下るには、どんなに回り道をしても砂漠を通らなければならない。旅慣れた者でさえ、下手《へた》をすれば遭難《そうなん》して命を落とすこともある。

だが、シェヘラの絨毯さえあれば、砂漠越えだろうが国境《こっきょう》越えだろうが、大したことではない。日に一度しか使えず、しかも人の言うことを聞かないのが難点《なんてん》だが。

「そういえばあんた、アラハバート人っぽくないもんな。肌も白いし、海沿いの人間じゃないだろ？」

「ええ。北で、神殿仕《づか》えをしていたので……」

「へえ。その神子《みこ》さんが、なぜここでランプぶちまけて遭難してたんだよ？」

話したって信じてもらえるわけがない。

まさか父親の入ったランプを捜すため、神殿を飛び出してきたなんて。

シェヘラは溜《た》め息をついて、昨晩《さくばん》の出来事を反芻《はんすう》し始めた。


昨日まで、シェヘラはイスプールの神殿にいた。

そこは古代の建物がそのまま残されたような場所で、立派《りっぱ》なタペストリーと、供物《くもつ》をしまっておく宝物庫や、集落すべてを見渡せる塔《とう》があった。

神殿というからにはもちろんアラハバート神を奉《まつ》っていたのだが、残念《ざんねん》ながら神殿に住み着いていたのはアラハバート神でなく、アラハバート神に仕えていた魔人だった。それがシェヘラの父、フーガノーガである。

魔人フーガノーガは、十六年前近隣《きんりん》の村から容姿《ようし》の美しさで選ばれた神子――シェヘラの母に一目惚《ひとめぼ》れした。そう、シェヘラは魔人の父と人間の母の間に生まれた、半魔人の子どもなのである。

とはいってもシェヘラは父のように魔法を自在《じざい》にあやつれるわけではない。彼女に使えるのは三つの道具を使う魔法だけ。

ひとつ、空飛ぶ絨毯。ふたつ、命の林檎《りんご》。みっつ、どんなに遠くにあっても、望んだものを見ることができる望遠鏡《ぼうえんきょう》。

しかもそれぞれに回数制限があり、一日に一度しかその力を使うことができないのであった。

「あーあ。なんであたしの力って、こんなに中途半端《ちゅうとはんぱ》なのかしら」

シェヘラはそうぼやきながら、神殿の柱《はしら》をぴかぴかに磨《みが》いていた。シェヘラの母は穏《おだ》やかに笑って、捧《ささ》げ物の干《ほ》しぶどうを取り分けている。

「でもシェヘラザード。もしあなたが完全な魔人になってしまったら、人前ではあの人みたいにランプの中にでも隠《かく》れていなきゃいけないのよ。そんなのつまらないでしょう？」

シェヘラは赤と緑の虹彩《こうさい》を動かして、そうよね、と呟《つぶや》いた。今この瞳《ひとみ》だけでも、十分人間離れしているっていうのに。

千年前は精霊《せいれい》や魔人が人間と共《とも》に生活をしていたと言われるアラハバート。突然《とつぜん》の嵐《あらし》によってアフラ砂漠ができてからというもの、そういった摩訶不思議《まかふしぎ》な存在はいっせいに消えてしまったと言われている。

アフラ砂漠ができてから、人々は海が近く砂で埋《う》もれることのない南に移り住み、そこに王城を建て、貿易《ぼうえき》や商売をして豊かに暮《く》らすようになったのだ。

北に住んでいるのは長年神に仕えてきたシェヘラの母の一族たちのような信心深い民や、わずかに残った土地で農作や放牧をしている人たちのみ。

だからみんな知らなかった。古い遺跡に、魔人がずうっと住んでいたことなんて。

「母さんは、父さんを見てよく驚《おどろ》かなかったわね」

「そりゃあ驚いたわよぉ。宝箱に入っていたランプをこすったら、まさか魔人が飛び出してくるなんて。神の間に入れるのは神子だけ、誰も知らなかったんだもの」

シェヘラの父は赤と緑と青と紫《むらさき》がまじった四色のまだら模様《もよう》の瞳と、闇夜《やみよ》のような黒い肌。そしてひげをたっぷりたくわえた、筋骨隆々《きんこつりゅうりゅう》の男だった。その上、もくもくと足元から漂《ただよ》っていた煙《けむり》が人でないことを証明していた。

普通の人間なら魔人を恐れるだろう。だが、シェヘラの母はフーガノーガの『変わっているところが可愛《かわい》い』と彼と添《そ》い遂《と》げることにした、それこそ変わった女性だったのである。

「シェヘラ、あの人を起こしてあげてちょうだい。一度ランプに入ったら、誰かが蓋《ふた》をあけてあげないと外に出られないわ。彼を引きこもりにしないで」

「分かったわ。今日はもう夕方だし、平気だよね」

陽が傾《かたむ》いてから神へ詣《もう》でることは無礼《ぶれい》とされている。今からなら、父を起こしてもお参りに来た人に見られる心配はないだろう。

シェヘラが宝物庫へ足を向けた途端《とたん》。何かをひっくり返すような、激しい金属音が聞こえた。

扉を開けた彼女は息を呑《の》んだ。

そこにいるはずのない大勢の男と目があった。ガラの悪い連中で、みなそれぞれ武器と大きな袋を持っている。

「しけてんな。金になりそうなのはこのランプだけかよ」

赤の織物《おりもの》や巻物を袋に詰めながら、ひとりの男が悪態《あくたい》をついた。なんとその男は空《あ》いた方の手で、父のランプを持っているではないか！

「何だこのガキ」

あざ笑うように、男たちはシェヘラににじり寄ってくる。まずい。どうにかしないといけないけれど、シェヘラが常に身につけている魔法の道具は命の林檎だけだった。

絨毯は大きすぎて持ち運びに不便だし、望遠鏡は数々の宝玉《ほうぎょく》がはめ込まれているので目立ちすぎる。魔法の道具は宝物庫に大切に保管していた。

「おい、この望遠鏡はすごいぞ。サファイアにルビー、エメラルド……ダイヤモンドまではまっていやがる」

保管してあった望遠鏡は、無情《むじょう》にも男たちの袋の中へ滑《すべ》り落ちていった。

「神への捧げ物を盗《ぬす》むなんて、天罰《てんばつ》が下るわよ！」

「知るか。俺たち盗賊《とうぞく》には神も王様も関係ないね」

「この絨毯はどうする？」

思わず呼吸が止まる。群青色《ぐんじょう》の上等な絨毯は、シェヘラの空飛ぶ魔法の道具だ。

「……置いていけ。荷物になりすぎる。望遠鏡とランプで十分だ。献上品《けんじょうひん》を確実に届けられればいい」

献上品？　何？　意味が分からない。

「この娘、売っちまうか？　精霊みたいな目をしてやがる。さすが神殿に仕える神子ってやつか」

「やめとけ、どのみち港まで出なきゃ意味がねえんだ。これ以上積んだらラクダが死ぬぞ」

足がすくんで動けない。彼らはラクダに積みきれないくらいの盗品《とうひん》を既《すで》に持っている。どこかの街を襲《おそ》ってきた後かもしれない。

「命拾いしたな嬢《じょう》ちゃん。あばよ」

男達は乱暴《らんぼう》に絨毯を踏みつけ、神殿から出ていった。

(だめ、このままじゃ父さんが)

ランプの魔人は持ち主以外の人物が目覚めさせたとき、その者を新《あら》たな主人と認《みと》め願いを叶《かな》えなければならないという、いにしえからの契約《けいやく》がある。

「シェヘラザード！」

物音を聞きつけてやってきたシェヘラの母は、荒《あ》らされた宝物庫を見て絶句《ぜっく》した。

「母さん、盗賊が父さんを」

「あなたに怪我《けが》はないの、シェヘラ」

血相《けっそう》を変えたシェヘラの母は、彼女の体のあちこちに触れて確かめた。どこも切れていないし、血も流れていない。

「父さんと、望遠鏡が取られちゃった。どうしよう」

「望遠鏡がなかったら、あの人の居場所《いばしょ》が分からないわね」

望むものなら何でも映し出す望遠鏡。あれがあれば、攫《さら》われた父親の居場所はすぐに分かる。今でこそその力が必要だというのに、手元にないなんて！

どんなに強力な魔人とはいえ、今の父は無抵抗《むていこう》だ。ランプごと売り飛ばされたり、火に投げ込まれたり、海に落とされたとしても何もすることができないのだ。

それに、悪い人にランプの外に出されてしまったら、父さんは自由を失うかもしれない。

「母さん、待ってて。あいつらを尾行《びこう》して、夜がふけたらこっそりランプを奪ってくる」

「危ないわ。やめなさいシェヘラ」

（大丈夫《だいじょうぶ》だ。あたしには……魔法の道具がある）

宝物庫で男達にさんざん踏み潰された絨毯をはたいて、シェヘラは覚悟《かくご》を決めた。

道具を使うのは久しぶりだ。けれど、今は手段《しゅだん》を選んでいる場合じゃない。

「動きなさい、絨毯。あいつらの後を追《お》うの」

そうしてシェヘラは、夜陰《やいん》に乗《じょう》じて男たちのねぐらまでやってきた。居眠《いねむ》りをしている荷物番の隙《すき》を窺《うかが》って見つけたのは、ランプばかり十七個。しかし、どれも肝心《かんじん》の父のランプではない。

シェヘラは気が付かなかった。いつの間にか荷物番が得物《えもの》をぎらつかせて自分の背後《はいご》に立っていたことを。

絶体絶命《ぜったいぜつめい》のシェヘラだったが、絨毯が自《みずか》ら彼女を救った。一日一回の回数制限、とっくに絨毯を使ってしまっていたのだが、残りの魔力を勝手に吸い取って動き始めたのだ。

おそらく、シェヘラがここでやられてしまえば自分も終わりだと思ったのだろう。

三つの道具の中で、絨毯が一番人間らしく行動する奴だった。


「はぁ……」

シェヘラは下を向いて、途方《とほう》もなく広がるアフラの砂を踏みしめる。

結局命からがら逃げてきたはいいものの、絨毯がまったく言うことを聞かないので北ではなく南の、しかも見渡すかぎり何もない砂漠のど真ん中に落ちてしまった。

おまけに、わけの分からない男はついてくるし。

シェヘラは隣《となり》を歩くサディーンの横顔をじろりと盗み見る。見たところ、かなり裕福《ゆうふく》そうな装《よそお》いだ。日よけのマントの光沢《こうたく》はなめらかだし、派手《はで》な装飾品《そうしょくひん》はよく磨《みが》かれて汚《よご》れなど一切《いっさい》ない。

商業ギルドの者だと言っていたが、結構《けっこう》上の方の立場ではないのだろうか。

あんな砂漠の真ん中で、何をしていたんだろう。

「俺が何で突然現れたのか気になるのか？」

まるで思考《しこう》を読まれていたようで、シェヘラは動揺《どうよう》してつい「へっ」と間抜《まぬ》けな声を出してしまった。

「そんな顔してた。上を見ろ」

シェヘラは太陽のまぶしさに目をすがめながら、晴《は》れ渡る青空を見た。真っ黒い何かが、踊《おど》るように旋回《せんかい》している。

「……とり？」

サディーンは、左腕を真横に伸ばして姿勢を正した。頭上から素早《すばや》く風を切る音がして、シェヘラはぎゅっと目をつむる。

ゆっくりと目を開けると、黒い羽根が二枚、ひらひらと舞《ま》い落ちた。

「おおきい……」

サディーンの腕に、頭上の鳥が足をつけその黒い羽根をたたんだ。人間の赤ん坊くらいの大きさの、くちばしの鋭《するど》い鷹《たか》だった。

「遭難者《そうなんしゃ》がいればこいつが教えてくれる。運がよかったな、あんた。ギルドが通りかからなかったら、今頃《いまごろ》人買いに売り飛ばされてたぞ」

ぞっとする。もしそんなことになっていたら絨毯も林檎も取り上げられるだろうし、シェヘラは魔法をひとつも使えなくなる。

銀貨一枚は、妥当《だとう》な報酬《ほうしゅう》だったかもしれない。

「儲《もう》からないと思うぜ」

「は？」

「ランプ専門店」

彼が袋を持ち上げたので、シェヘラはああ、と納得《なっとく》した。

「違うの……捜し物があって」

シェヘラは睨《にら》みつけるように砂漠の向こうに視線《しせん》を合わせる。それを見ていたサディーンは、ふうん、と返事をした。

「なんだかワケ有《あ》りっぽいな。大いに結構。ギルドはワケあり連中を歓迎《かんげい》するぜ」

少しずつ、足元の砂が軽くなってゆく。シェヘラは「あ」と声を出した。

オアシスだ。

枯《か》れ木《き》のような木が数本、そして小さな泉《いずみ》が湧《わ》き出る場所にたどりついていた。

泉を囲《かこ》うように、いくつものテントが連《つら》なっている。そこでは麻袋《あさぶくろ》にいっぱいの干し果物《くだもの》や小麦粉《こむぎこ》、衣服や書物を載せた荷台が並んでいた。近くの集落に住んでいるらしき女子どもが、物珍《ものめずら》しそうに商品を眺めている。

移動型商業ギルド。

シェヘラも初めて見たわけではない。港がない北では、むしろこういったギルドがなければ生きられなかった。どうしても貿易がさかんな南側ばかり物資《ぶっし》が集まるアラハバートには、なくてはならない存在《そんざい》だ。

「こんなに大きいギルド、初めて見た」

シェヘラのいる神殿付近まで来るギルドは、せいぜい五、六人程度の商人たちで構成されている小さな隊商だった。売っているものだって少ない。巻物《まきもの》をはじめとする読み物はまず手に入らないし、贅沢品《ぜいたくひん》とされる砂糖《さとう》を使ったお菓子《かし》やアクセサリーなんてもってのほかだった。

思わず、きれいな染物《そめもの》に見入ってしまう。

「服を揃《そろ》えた方がいいんじゃないか？　ほら、これなんかどうだ」

急にニコニコとわざとらしい笑みを浮かべたサディーンが、シェヘラに高価な衣服をあててみせる。彼女は慌《あわ》てて後ずさった。

「いいの、あたしはこれで」

彼女の身を包《つつ》んでいるのは、飾《かざ》りも刺繍も一切ない質素《しっそ》な神子の服だ。それも、遭難のおかげですっかりくたびれてしまっている。

「そうかぁ？　生地《きじ》は三流どころか五流だし、その縫《ぬ》い目《め》の粗《あら》さ素人《しろうと》の手縫いだろ。せっかく珍しい瞳をしているんだから、そんな掃除婦《そうじふ》みたいな格好《かっこう》はやめた方がいいと思うぞ」

今、さらっとすごく失礼なこと言われたよね……!?

シェヘラに購入意欲《いよく》がないことを見てとると、彼は素早く商品を戻した。

「ところでこの絨毯俺に売る気ない？　金貨十枚で買ってもいいが」

彼の行動にかちんときたシェヘラは唇《くちびる》を尖《とが》らせる。

「それは売り物じゃないの」

「あっそう」

先ほどまでの笑顔は急に消えうせ、もう絨毯にも興味《きょうみ》をなくしたようである。

何なのこの男……。

勝手《かって》に助けて金を要求《ようきゅう》してきたかと思えば、ずけずけと失礼な言葉を浴《あ》びせたあげく、次は絨毯まで買い取りにかかろうとするとは。

（この人、ギルドの人間だって言ってたけど。一体《いったい》何の商人なのかな）

香辛料《こうしんりょう》？　それとも織物？　あ、じゃらじゃらとうるさいくらい装飾品を着けているから宝石関係かもしれない。

とにかく、この男のそばにいたら何やかんやとお金を巻き上げられそうである。どこの店に近付いたら危険《きけん》なのか、きちんと把握《はあく》しておかねばならない。

「長《おさ》！　戻られましたか！」

数名の若者が、サディーンに駆《か》け寄ってきた。

「心配しました、遭難者くらい私たちが行きましたのに」

「いや、お前らは店があるだろう。遭難者の救出もギルドの大事な役割だからな」

「長ひとりで行くのは危険です。ミイラ取りがミイラになる可能性も――……」

シェヘラザードは、しばらくあっけにとられていた。

長。長ということはつまり、この街のようなギルドの一番上の人間だということだ。こんなに若い――せいぜい、十八歳かそこらにしか見えない、この男が!?

「年より少し若く見られるが、俺は今二十歳《はたち》だ」

「って、あたし、口に出してない……！」

「顔に書いてあるから」

そんなに分かりやすい顔をしているだろうか。むしろ母親からは『あなたの目って赤なのか緑なのかちっとも分からなくてぐるぐるしてきたわ』と言われるくらい、なのだが。

「ところで、こちらのお嬢さんが遭難者で？」

いつの間にか、サディーンを囲っていた若者が自分の方を見ていた。シェヘラは思わず姿勢を正す。

「ああ。神殿の神子・シェヘラザードだそうだ。盗賊に襲われていたところを助けてやった」

「なるほど。遭難救助と盗賊退治に荷運び代、しめて銀貨一枚ってとこですか。もう少し荷物が多ければラクダの貸し賃《ちん》が加算《かさん》できたのになぁ」

「たとえしょぼい金額でも、金は金だ。一ディナールも、塵《ちり》も積もれば千ディナールだ。それにこれは人助けを兼《か》ねた社会貢献《こうけん》活動なんだから、金額の大きさは問題じゃない」

(人から金を取っておいて、どこが社会貢献よ！)

言いたい放題《ほうだい》の彼らに、シェヘラは肩を震《ふる》わせる。

ぱくぱくと口を開いてどうにか怒りを表現しようとするも、それはよく通る声にかき消された。

「サディーン。まずは遭難者を休ませなければ」

進み出たのは、真面目《まじめ》そうな顔つきの青年だ。サディーンのことを『長』ではなく名前で呼び、彼と色違《いろちが》いの上等なターバンをしている。

「カイル、案内してやってくれないか。俺はこれから見回りをしてくる」

「分かりました」

サディーンに向かって頭を下げると、カイルはこっちです、ときっちりとした角度で回れ右をした。

「休憩用《きゆうけいよう》のテントがあります。毛布《もうふ》と水は用意してありますから、ゆっくり休んでください。砂を落としたければ拭《ふ》くものを持ってきますが」

「あ、お願い……します。カイルさん？」

「カイルで結構です。入り用のものがあればできるだけ力をお貸ししますので声をかけてください。目的地があれば、地図も用意できますから」

目的地……。

シェヘラザードの目的地といえば、父のランプがある場所しかない。

できればあの盗賊を見つけ出して、ランプを奪い返したい。

「盗賊って……どこにいるんでしょうか」

ぎょっとした目でカイルはこちらを見ていた。

「盗賊……ですか。アラハバートには山ほどいますが」

「？　北の神殿にいたころは、盗賊なんていなかったわ」

だからこそ、村人達も神殿の管理を神子ひとりに任せていたのだ。北は人口も少なく寂《さび》しい場所だから、好《この》んで訪れる者なんてほとんどいない。

「バスコー付近に盗賊は多いですよ。なぜそんなものを気にされるのです？」

言いよどむシェヘラを、カイルはそれ以上追及《ついきゅう》することはしなかった。

「とにかく、疲《つか》れているんでしょう。ギルドはしばらくここに滞在《たいざい》しますから」

「ありがとう」

それから、とカイルは言葉を続ける。

「サディーンは本来、遭難者ひとりを助けるためにギルドを離れることなどありません。今回は本当に偶然《ぐうぜん》です。ゆめゆめ、勘違《かんちが》いなされぬよう」

丸いテントに、サディーンから預《あず》かったシェヘラの荷物を置きながら、彼は感情のない声音《こわね》でそう告げた。

何を勘違いしたっていうのよ。

と言ってやりたいくらいの気持ちだったが、カイルは背を向けてそのままにぎやかな市《いち》場《ば》へと姿を消してしまう。

シェヘラは溜め息をついて、案内されたテントを見渡した。今のところ、シェヘラ以外に利用している者はいないみたいだ。

ハンモックがいくつかと、体に掛ける薄《うす》い毛布。水と果物。それから桶《おけ》や籠《かご》などが隅《すみ》に追いやられていた。

とにもかくにも、シェヘラは疲れきっていた。父が攫《さら》われてから、たったの一晩しか経《た》っていない。

その間に盗賊からランプを盗んだり、殺されそうになって絨毯に摑《つか》まって逃げたり、あげく砂漠で振り落とされ、またもや別の賊に売り飛ばされそうになったところを、ギルドの長に助けられて、銀貨一枚払って――。

「頭、おかしくなりそう」

桶に水を汲《く》んで、砂の詰《つ》まった神子の服を脱《ぬ》いだ。麻の素材《そざい》でできたあまり高価でない生地の服だけれど、これも村人からの奉納品《ほうのうひん》だ。

シェヘラの家は貧《まず》しいというわけではない。父に頼めばお姫さまのドレスや踊り子の衣《い》装《しょう》、何でも魔法で出してもらえるのだが、彼はそれを禁止していた。

自分がいい暮らしをするためだけの魔法は、使ってはならない。それが家族の約束事《やくそく》だった。

シェヘラ自身は別にそれを不満に思うことなどなかった。村の人が縫ってくれた服は丈夫で温かかったし、第一神殿の掃除をするのに華美《かび》な服装は邪魔《じゃま》なだけだ。

それに、あの神殿で父さんと母さんと一緒《いっしょ》に過ごせれば、格好なんてどうでもよかったんだもの。

その粗末《そまつ》な服は泥《どろ》と砂だらけになって、ますますひどいものだった。水に浸《つ》ければ砂のまじった泥水《でいすい》がじわあと水面に浮かんでくる。

それを見ていたら、対照的な衣服を思い出した。ルビーがついたターバンに、エメラルドの腕輪。身に纏《まと》ったなめらかな布はおそらく貿易で蛍国《けいこく》から手に入れた逸品《いっぴん》かもしれない。さっき、そういう触れ込みで同じような商品を売っているのを見た。

あの、サディーンとかいう男。

数々の宝石と金で飾り立て、大規模《だいきぼ》ギルドの偉《えら》い人なのかとは思っていたけれど、まさか長だったなんて。

（あの若さでねぇ。ありえる？　町長が弱冠《じゃっかん》二十歳の青年みたいなものじゃない）

ギルドの上の人、というとどうしても経験豊かな壮年《そうねん》の男というイメージだ。個人ならまだしも、ギルドは集団だ。商売についてあれこれ指南《しなん》したり、場所や天候《てんこう》によって仕入れや売値を調整する勘、そして何よりもギルドに属《ぞく》する者を支え、まとめあげる人望。そういうものがそろってないと長にはなれないと、どこかで聞いたことがある。

服についた砂をすっかり流して、シェヘラは雑巾《ぞうきん》のように絞《しぼ》りあげた。

とりあえずあの賊を追いかけなければならない。でも、どうやって？

望遠鏡なしにアラハバート中から、ランプひとつを見つけることなんて、無理に決まっている。

「もう。もとはといえばあなたが変な場所に落とすからじゃない！」

物言わぬ絨毯に悪態《あくたい》をつくシェヘラは、はたから見たら暑さでやられてしまった変人そのものである。

絨毯は知らんぷりをして、ただの布みたいにぴくりとも動かない。

「もう仕方ないわ。とりあえず眠って、それから考えよう」

シェヘラは用意されていた替《か》えの服に袖《そで》を通し、ハンモックによじ上った。体は正直《しょうじき》だ。安心できる場所にいると思うと、すぐに眠りの波《なみ》がやってきた。


周囲が騒《さわ》がしくなり、シェヘラは目を覚ました。泥のように眠っていたのでまだ瞼《まぶた》が重い。

遭難者用のテントには、人が詰めかけていた。彼らの中央には、横たわる少女がいる。ランプで照《て》らされた少女の額《ひたい》には汗《あせ》が浮かび、ぜいぜいと苦《くる》しそうに胸を上下させていた。

「何かあったの？」

シェヘラはハンモックの上から、声をかけた。よく見ればサディーンやカイルなど、ギルドの主たる連中が集まっているようだった。

「仲間が、突然倒れた」

蒼白《そうはく》な顔で、サディーンが答える。

そのうち医者を名乗《なの》る老人が近隣《きんりん》の村から呼ばれてきた。脈《みゃく》を測り、瞳や熱をみて、「これは……」と小さく言葉を漏《も》らす。

「熱病《ねつびょう》だ。すぐに彼女を隔離《かくり》してくれ。感染《かんせん》の危険がある」

「おい、女子どもを近付けるな。ニーダが熱病にかかったことは内密《ないみつ》にしろ、皆《みな》を混乱《こんらん》させる。……それで、じいさん。ニーダはどうなんだ？」

「……覚悟しておいた方がいいかもしれん。この熱じゃ、今夜が峠《とうげ》だ。たとえ助かったとしても、後遺症《こういしょう》が残る可能性が高い。ギルドのような、体力のいる場所では生きられないかも」

「どうにかならないのか、ニーダは大事な仲間なんだ」

「そうしたいのは、やまやまなんだが……」

言葉を濁《にご》す医者の前で、サディーンは舌打《したう》ちをする。

ニーダという少女はうめき声をあげた。まだ十六歳くらい、シェヘラと同じくらいの年頃だ。死ぬには早すぎる。

シェヘラは、絨毯の上に置いてある袋に目をやった。シェヘラの持つ、二つ目の道具。あれを使えば、あの子は助かるかもしれない。

病人と、人だかりと、道具。その間を、彼女の視線は行き来する。

「すまない。代金はいらない。もう、わしにできることは何もない」

医者が、首を振ってその場を離れた。

サディーンが、横たわる少女の手を、励《はげ》ますように強く握《にぎ》った。誰もが固唾《かたず》を呑んで見守っている。

その姿が、昨晩神殿を飛び出してきた自分と重なった。

大切な人を失ってしまうかもしれない。その恐ろしさが、今のシェヘラにはよく分かる。

でも情けないことに足がすくんで、ハンモックから下りることすらできないのだ。

(早く……早くしないと。死人に、あの道具は効《き》かないのだから)

口の中が渇く。どくどくと、心臓が警笛《けいてき》を鳴らしている。

早くしなければ。分かっている。

けれど、いつかのあの冷たい谷間の光景が、今でも強く記憶にこびりついて離れないのだ。散《ち》らばった荷車の車輪。崩《くず》れ落ちた岩壁《がんぺき》。叫《さけ》び声を呑み込んでしまうほど深い場所で、暗闇《くらやみ》が蠢《うごめ》いていた。

「すみません。あなたに感染《うつ》っては大変です。今、別のテントを用意させますので」

成り行きを見守るシェヘラに気が付いたカイルが、腰を上げた。

「あ……あの」

結構な人数がいるというのに、テントの中は驚くほどに静かだった。絞り出したようなシェヘラの声もいやに大きく響く。

自分の声に怯《ひる》んでどうする、とシェヘラは腹に力をこめた。そろそろとハンモックから下りて、シェヘラはカイルを見上げる。

「あたしを、その女の子と二人きりに、させてもらえませんか」

たくさんの人に見られている今の状態では、きっとうまく魔法を使うことはできない。それに何より……その後のことが、怖い。

「あなたとニーダを？」

カイルがあからさまに不審《ふしん》そうな表情を浮かべた。

当たり前だ。突然やってきた遭難者が、病人と二人きりにしろと言うなんて、どう考えてもおかしい。

集まっていたほかの若者たちも、いぶかるようにこちらを見ている。

「それはできません。感染するかもしれないんですよ」

「お願いです」

声が震えて、うまく喋《しゃべ》れない。

得体《えたい》の知れない人間を弱っている仲間と二人きりにすることに、カイルは難色《なんしょく》を示《しめ》している。

やりとりを見ていたサディーンが、強い口調《くちょう》で言葉をかけた。

「荷物を持って外へ出ろ。あんたを保護した以上、仲間の病気を感染すわけにいかないんだ」

「病気が感染っても構わない。彼女と二人きりに、させてください」

「何を考えている？」

シェヘラは思わず怖気《おじけ》づきそうになる。彼の金色の瞳が、あまりにも鋭かったからだ。

昼間に見た彼とはあまりにも違う。気が立っているのだ。

怖い。だけど……。

ぎゅっと拳《こぶし》を握って、シェヘラは彼の瞳を見ながら、ゆっくりと喋る。

「彼女を、元気にしてあげられるかもしれないの。だから、二人きりに」

「それは俺たちがいちゃだめなのか？」

「……お願い」

本当は彼らがいても、魔法は使える。ただ、誰にも魔法の存在を知られたくはなかった。

サディーンはしばしシェヘラの顔を見ていたが、やがてふっと息を吐《は》いた。

「カイル。ニーダ以外の全員を外に出し、俺が合図《あいず》をするまでテントの中に入れるな」

「ですが」

「何か考えがあるんだろう。どのみち、俺たちにできることは何もない」

カイルはしぶしぶと頷《うなず》くと、仲間たちを外へ出した。最後にサディーンが、名残惜《なごりお》しそうにニーダから手を離す。

「俺は入り口に一番近い場所にいる。終わったら声をかけろ」

サディーンの背中が入り口の布をすり抜けると、シェヘラはごそごそと荷物から真っ赤な林檎を取り出した。

父からもらった二番目の道具、命の林檎だ。

すう、と息を吸う。

シェヘラが林檎に魔力をこめると、彼女の赤と緑の瞳は弧《こ》を描《えが》くようにぐるぐると回転し、林檎も輝く宝石のように光を灯《とも》し始める。

魔力は十分に行き渡ったようだ。

(父さん……この力は、人を助けるために)

何度も言い聞かされてきた父の言葉を、心の中で唱《とな》える。

『魔法の力は、自分のために使うものではない。人のために使って、初めて意味のあることなんだ』

父さん、あたしは今、本当に他人のために力を使う。だからどうか、大丈夫だと言って。

シェヘラはそっと目をつむり、林檎に唇を寄せた。林檎はそれに応《こた》えるように、甘い芳《ほう》香《こう》を放つ。

「命の林檎。命令します、彼女の病気を取り払って」

息を乱しながら横たわる少女の唇に、命の林檎を押し当てた。

林檎のヘタからひとしずく、光の粒《つぶ》がこぼれ、少女の額に溶《と》けてゆく。

少女の呼吸は徐々《じょじょ》に落ち着いて、頬にも赤みが差し、そしてゆっくりと、目が開いた。

「……気分はどうですか？」

シェヘラは少女に尋ねる。彼女は目をぱちくりとさせて、シェヘラを見つめ返した。

「どうして、私はこんなところで寝ているの？」

ふっと、シェヘラの肩の力が抜けた。どうやら魔法は成功したらしい。

林檎が光を失うと同時に、シェヘラの体がずんと重くなった。ずいぶんと体に負担《ふたん》がかかってしまったようだが、今は命を救えたことに胸がいっぱいだ。

「よかった……」

安堵《あんど》の表情を浮かべるシェヘラを不思議《ふしぎ》そうに見ていたニーダだったが。

「あ、サディーン！」

彼女の第二声に、シェヘラの背筋が凍《こお》りついた。

「何だかおなかが減《へ》ったみたい。夕食の残りはあるかな？」

「ニーダ。お前、体は大丈夫なのか？」

「何のこと？」

後ろに、彼がいる。自分越しに、少女と青年は会話をしている。

「わかった。大丈夫そうなら、カイルに言って何かもらってこい」

足音が、近付いてくる。

一体どこから見られていたのだろう。魔力を使って火照《ほて》った体が急速に冷えてゆく。

「どう、して」

「どうして俺がここにいるのかって？　最初に言ったはずだ。入り口に一番近い場所にいるってな。別に外に出るとは約束していない」

つまり、彼はいったんテントの外に出たものの、そっと中に戻って様子《ようす》を窺《うかが》っていたということだ。

「すまない。あんたが真剣《しんけん》にニーダを助けたいと思っていたのは目を見て分かっていた。だけど長として、最悪の事態も考えなければならなかった」

シエヘラがニーダに危害《きがい》を加えることはないにしても、途中でニーダが息を引き取った場合……仲間が誰も、死に目に立ち会えなくなる。

「分かっているとは思うが、俺はあんたに聞きたいことがある。ニーダに何をした？」

シエヘラは黙《だま》り込んだ。

言いたくない、という気持ちもあったけれど、何をどこまで説明していいのか計《はか》りかねていたのだ。

「それ、光ってたよな？　ただの林檎じゃない」

「それは……」

「シェヘラザード。教えてくれ。ニーダは本当に、大丈夫なのか？　俺はニーダが元気になってくれたなら、何だっていい。でも彼女の体に何が起こったのか把握しておきたいんだ。熱病は、人に感染る」

シェヘラの魔法の力で、ニーダの病気は治った。だがサディーンにしてみれば、本当に彼女が全快《ぜんかい》したのか疑わしいのだ。もし回復が一時的なもので、ニーダの体に病気が残ったままだったら……彼女を外へ出せば、熱病はギルド全体へ広まってゆく。

「俺には家族を守る責任《せきにん》がある。頼むから、教えてくれ」

シェヘラは、意外な気持ちでサディーンの言葉を受け止めていた。

普通なら、シェヘラの力がどのようなものかを問《と》い質《ただ》し、道具を奪おうとするか、恵《めぐ》みにあずかろうとするか、どちらかだ。

けれど彼が真っ先に尋ねたのは、仲間の安否《あんぴ》だった。

(この人にになら話しても、大丈夫なのかな……？)

確かにシェヘラが真実を語らなければ、たとえ助かったとしてもニーダは安心して暮らせないだろう。

シェヘラザードは、覚悟を決めた。

「あなたの言うとおり……あたしは、この林檎で彼女を治したの」

サディーンの視線は、シェヘラの手の平に納《おさ》まる林檎に注《そそ》がれている。

「信じられないかもしれないけど、あたしは魔法を使えるの。これは命の林檎といって、どんな病気や怪我も治せるという道具よ。ただし死者には効かないけれど」

眉根《まゆね》を寄せて、口を開けたまま、サディーンはシェヘラと林檎を見比べた。

「林檎？　魔法の？」

「そう。魔法といっても、一晩経ったら消えてしまうとか、そんなものじゃないから安心してほしい。ニーダさんの病気はこの林檎が取り払ってしまったの」

「魔法……そんなものが……」

彼が、うわごとのように呟く。

シェヘラはゆっくりと目を閉じた。

まぶたの裏に浮かび上がるのは、静かだった神殿が狂気《きょうき》に包まれたある日の出来事。このままここに留《とど》まっていれば、また繰り返されることになるだろう。

シェヘラは荷物と絨毯を抱えた。先ほど林檎を使ってしまったけれど、まだ絨毯で飛ぶくらいの魔力は残っているはずだ。

「……すっげえ！」

突然の大声と共に、わし、と肩を摑まれる。シェヘラの小さな悲鳴《ひめい》をものともせず、サディーンは興奮《こうふん》した表情で目をきらきらと輝かせていた。

「命の林檎⁉　何だそりゃ。長いこと旅をしてきたが、そんなもん見たことない！　どこの木に成《な》ってるんだ!?」

「い、痛いってば！　離して！」

がくがくと揺さぶられ、シェヘラは危《あや》うく舌《した》を噛みそうになった。

「あ、わり」

ようやく揺さぶりから解放されたシェヘラは、サディーンを睨みつける。

「そもそも、信じられるの？　こんなとんでもない話」

「俺が無条件《むじようけん》に信じるものはこの世に三つある。仲間と、金と、自分自身の目で見たものだ」

「三つでも四つでも知らないけど、あたしもう行くので。お世話になりました」

魔法のことがばれてしまった以上、ここに長居《ながい》することはできない。

「どこへいくつもりだよ？　あ、例の捜し物ってやつか？」

「……そんなところ。じゃあ」

腕を捕らえられ、シェヘラはびくりと止まった。

「あなたも、この力がほしくなった？　でも、これはあたしにしか使えないから」

「お前行くアテはあるのか？　大体、何で砂漠でひとりだったんだ。捜し物をするには、おかしな場所だったぜ」

シェヘラは言葉に詰まった。実際、彼女はこれからどこに向かえばいいのか全く分からなかったのだ。

「お前の捜し物、お前の力に関係しているものなんじゃないのか？」

「それは」

これ以上魔法に興味を持ってほしくなかった。だが力が強くて、腕を振り払えない。

「協力してやるよ」

「……え？」

「ニーダを助けてくれた礼だ。お前の捜し物に、協力してやる」

シェヘラはまじまじとサディーンを見る。この人を信用してもいいのだろうか？

お礼という言葉を鵜呑《うの》みにするには、シェヘラは苦《にが》い経験をしすぎていた。

「捜し物っていうからには失くしたか盗られたかしたんだろう？　俺が倒した盗賊に奪われたのか？」

「違う。別の盗賊よ……あなたに協力してもらっても、見つけ出すのは難《むずか》しいと思うわ」

絨毯にでたらめな方向へ飛ばされたために、もう彼らを追う手掛かりはない。

とにかく、手を離してほしい。

「お前は、ランプを盗んだ盗賊の特徴《とくちょう》を覚えているのか？　顔、年齢、言葉の訛《なま》り、武器の種類、すべて」

「それは、分からないけど」

確か、ラクダを使って移動していた。港まで行けなければ意味がないとも。ということは、盗賊たちの目的地は、もしかしてこのバスコー付近？

「多くの盗賊は、戦利品《せんりひん》をバスコーの闇市《やみいち》で売りさばく」

サディーンの言葉に、シェヘラは大きく目を見開く。

「北へ持っていっても物の流れが悪くて大した金にならん。だからといって俺たちみたいな正規《せいき》のギルドへ持ち込めば御用《ごよう》になる。奴《やつ》らは異国人の出入りも激しく、紛《まぎ》れ込んでも目立たない港まで盗品を運んで金に換えるんだ」

物がどうやってこのアラハバートを巡っているのか、田舎者《いなかもの》のシェヘラにはよく分からない。

「砂漠で襲ってきた連中も、闇市目当《めあ》てのごろつきだ。旅人を待《ま》ち伏《ぶ》せて、追いはぎをする。ここから出れば、ああいった連中がうろうろしてるぜ？」

それは……とても怖いかもしれない。

絨毯さえシェヘラに忠実だったら、と彼女は抱えた絨毯を恨《うら》みがましく見る。今すぐバスコーまでこれで移動するのに。

でも昨日みたいに、途中で投げ出されてしまってはまた遭難してしまう。

「俺たちはこれからバスコーで仕入れをするんだ。どうだ？　あてもなく砂漠を彷徨《さまよ》うよりは、ここにいた方がよほど安全だと思うぞ？」

ここにいれば賊に襲われる心配もない。ゆっくり眠れれば魔力も回復するし、いざというとき、すぐに動ける。

このギルドと一緒《いっしょ》に港町へ行くのが、父を助ける一番の近道なのかもしれない。

「同行代金は一日につき銀貨二枚くらい頂きたいところだが、ニーダの件《けん》もあって一週間はメシ代含《ふく》めタダにしといてやる。それ以降は割引料金適用。可愛いお嬢さんを放っておくのは俺の信条《しんじょう》に反するからな」

(そこは思い切ってタダにしてよ！)

いたずらっぽく笑う彼に、シェヘラは気抜けしてしまった。

でも、手段を選んでいる場合じゃない。

「お言葉に甘えさせてもらうわ。それから、お願いがあるの。この魔法のこと、誰にも言わないで」

「ニーダにもか？」

「うん……周りを混乱させてしまうと思うし」

ニーダが、魔法のことを覚えているのかどうかは分からない。だが知っている人が少ないにこしたことはない。彼女が覚えていないならそのままにしておきたかった。

「いいぜ。誰にも言わない。でも、もし仲間に何かあったら、その林檎を使ってくれないか？　何でも治せるんだろ？」

わくわくしたような視線を送られて、シェヘラは心の中で重たい息を吐いた。

(魔法目当ての親切ってやつが、一番困るのよね……)

それでも、道具を取り上げられたり、石を投げられたりしないだけずっとマシだ。

「わかった。しばらくの間、お世話になります」

「そうこなくちゃな」

サディーンは、シェヘラの腕からぱっと手を離す。

金にがめついギルドの商人と共に、彼女はバスコーを目指《めざ》すことにした。

第二章　闇市と不吉の王子

「はいはーい！　寄った寄った！　新作『柘榴《ざくろ》の乙女《おとめ》』はこちらになります！　売り子はなんと柘榴の乙女その人だ！　本日は手渡し可能な貴重《きちょう》な機会《きかい》！」

耳元でけたたましく叫《さけ》ばれて、シェヘラは硬直《こうちょく》した。

「あの……？」

「あー待って喋《しゃべ》るな。作品の印象《いんしょう》と違《ちが》った動きされると売上に影響《えいきょう》する。そこでにっこり笑って巻物《まきもの》を広げてろ」

「あの……この物語の主人公、心なしか身体的特徴《しんたいてきとくちょう》があたしと似《に》ている気がするのだけれど」

柘榴は緑の葉に赤い花をつける。本文をちらと確かめたが、主人公とシェヘラは同じ赤と緑のまだらの瞳《ひとみ》を持っていた。まさかとは思うが、確認せずにはいられなかった。

「よかったな。うちの物語屋に気に入られて、お前も晴《は》れてお姫様だ」

（全然《ぜんぜん》よくない！）

客の手前《てまえ》大声も出せず、シェヘラは頬《ほお》をひきつらせた。

シェヘラの周りには、物珍《ものめずら》しそうに露店《ろてん》を囲《かこ》む女性たちがいる。彼女たちの目当《めあ》ては、シェヘラが広げている読み物だ。

シェヘラはサディーンと共に、奥に引っ込んで新作を複写《ふくしゃ》し続ける物語屋ドライドの代わりに店に立っていた。

シェヘラの瞳を柘榴の花のようだとたとえたドライドは、一度火がつくと驚《おどろ》くほどの利《り》潤《じゅん》をギルドにもたらす芸術家なのである。

「本当に珍しい瞳の色ですね！　もしかしてアラハバート以外の血筋が入ってらっしゃるの？」

興味津々《きょうみしんしん》のお客に顔を覗《のぞ》き込まれ、シェヘラは言葉を濁《にご》した。アラハバート人どころか、人間以外の血筋が入っているとはとてもじゃないが言えない。

「そこは謎《なぞ》のままにしておくのが物語の醍醐味《だいごみ》ですよお嬢《じょう》さん。可愛《かわい》らしいあなたには美しい夢物語が似合う。さあそこの既刊《きかん》と一緒《いっしょ》にどうですか」

「か……買います！」

先ほどからサディーンは際《きわ》どいほど女性に近寄って、こうして巻物を買わせていくのである。

「あの……あたしは出なくてもいいんじゃ」

人の視線が痛いくらい突《つ》き刺《さ》さって、さっきからひどく居心地《いごこち》が悪い。しかも、普段《ふだん》の神子服《みこふく》は取り上げられ、代わりに与えられたのは驚くほど華美《かび》なトーブ《ドレス》だった。胸元に散《ち》るのは瞳と同じ赤と緑の刺繡《ししゅう》。装飾《そうしょく》にはぴかぴかに磨《みが》かれた金のコインをそのまま使用しているので、重たくて動きづらい。

「分かってないな、シェヘラザード。巻物だけじゃ味気《あじけ》ない。ここに出てくるお姫様を想像しながら読むことで、物語ってのは引き立つんだ。分かりやすいイメージがあった方が客の食いつきがいいんだよ」

もう何組目かの女性陣《じん》を見送って、サディーンはふー、と息をついた。

「ドライドは書くのはいいけど売る気がまったくないからな。俺らが出ないとやっぱだめだな。あ、在庫補充《ざいこほじゅう》してくれ」

「あ、はい……」

というか何で働かされているんだ、あたし！

いや、わかっている。自分はバスコーへ向かうために、ギルドと行動を共にすることにしたのだ。

ギルドはただ黙々《もくもく》とアラハバート中を行き来しているわけじゃない。こまめにバザールを開きながらの移動になる。

そのたびにサディーンはシェヘラを連れてあれこれと案内（という名の営業だったりし

たときもあったが）してくれた。おかげで、よく知らないギルドの人間たちにも、だいぶ慣《な》れてきた頃合《ころあい》だ。

お客様のままじゃ手持ち無沙汰《ぶさた》だったので、サディーンの「巻物屋を手伝ってくれ」という言葉を快諾《かいだく》したはいいものの、まさかここまで見世物《みせもの》にされるとは思わなかった。

（見世物といえば、あたしよりサディーンの方だけれど）

初対面のときも思ったが、彼の顔はやたらと迫力《はくりょく》があるのである。金の瞳は澄《す》んでいるし、プラチナのような銀色の髪は浅黒い肌に映《は》えてとてもミステリアスなのだ。

彼に見つめられて、目がとろんとなっている女性客のほとんどは物語よりもサディーン目当てだ。

そういったお客さんは、なかなか店を離れようとせず彼にまとわりついている。

「サディーン、アンクレットを見立ててほしいんだけど」

「ずるい、私も。私は香水がみたいわ」

「あんたはこの間サディーンが来たときに付き合ってもらったじゃないのよ」

ぎゃあぎゃあと騒《さわ》ぎ立てる彼女たちを、サディーンはまぁまぁとなだめた。

「お嬢さん方。俺は巻物を売らなきゃならないんだ。これを売り切らないと、俺はここを離れられないんだよ」

「その子に売らせればいいじゃないの」

女性たちに嫉妬《しっと》と怒りがこもったまなざしを向けられて、シェヘラはひゃっと固まった。

「この子は今日店頭に立ったばかりだ。この在庫だと、今日は付き合えないかもなぁ……」

「巻物はあといくつなの？　全部買うからアンクレットを選んでちょうだい」

「ちょっと、ずるいわよ」

いがみあう彼女たちに、サディーンはにこやかに提案した。

「喧嘩《けんか》するなよ。一緒に回ればいい。それから加算十ディナールで俺の読み聞かせがついてくるんだけど」

――結局、女性に囲まれて店を出ていったサディーンに、シェヘラは開いた口がふさがらなかった。

「サディーンって……いつもああなの？」

巻物の複写を続けるドライドに話しかけると、彼はのろりと頭を上げた。

「……ああ、とは……？」

「その、女の人に自分を売り込んで、たくさん買わせたり……」

ドライドはなくなった商品の跡地《あとち》を眺めながら、

「男にも……買わせるけど……」

「はっ!?」

思わず持っていた売り上げ箱を落としそうになる。

「どのように誤解《ごかい》されているか知りませんが、サディーンもさすがに男のアンクレットは選ばないと思いますよ」

上から冷《ひ》ややかな声が落ちてきて、シェヘラは何とか箱を抱え込む。ぶつくさと文句《もんく》を言いながら、カイルが店じまいの準備を始めていた。どうやらたまたますれ違ったサディーンに雑用《ざつよう》を押し付けられたらしい。

「まったく、サディーンのおかげであちこちで急な店じまいだ。シェヘラザード、あなたはテントに戻っていてもらえますか。明日、バスコーに到着《とうちゃく》予定ですので旅支度《たびじたく》を整《ととの》えてください」

カイルがあまりにもてきぱきとしているので、下手に手を出せば彼の邪魔《じゃま》をしてしまいそうだった。簡単《かんたん》に物を寄せたり積み上げたりしてから、彼女はテントへ戻ることにした。


「明日はとうとうバスコーかぁ……」

父さんのランプがあるかもしれない場所。ようやく目的地にたどり着くことができる。とっぷり日は暮れて、昼間の喧噪《けんそう》が嘘《うそ》のように静かな夜。シェヘラは絨毯を広げて手入《てい》れしながら、まだ見ぬ王都を想像していた。

もし、父さんを取り戻すことができたら、こっそり王都で目覚めさせて、王宮を見せてあげよう。

約千年ぶりの王都だから、父さんは喜んで、人々の営《いとな》みを見物するだろう。決死《けっし》の覚悟で盗賊からランプを取り返したシェヘラに、もしかしたらこう言ってくれるかもしれない。

『シェヘラ、よくやったね。それから』

「……腹減ったなぁ……」

シェヘラは絨毯の上に脱力《だつりょく》して突っぷした。体の下で、絨毯が不満そうに毛を逆立《さかだ》てて攻撃《こうげき》してくる。

「シェヘラ。お前飯《めし》食ったか？　お嬢さん方を家まで送ったら既《すで》に飯の時間が終わってたんだが」

サディーンが腹をさすってテントに入ってくる。どうやらカイルは地味《じみ》に昼間の仕返しをしたらしい。浮《う》いたご飯一人前、今頃育ち盛りの子供たちの栄養となっているだろう。

「シェヘラザード。今日、店に立ってどうだった？」

「どうって……？」

えっと、確か今日は巻物屋のお手伝いをして、いろんな人と話した。

「面白《おもしろ》かったか？　楽しかったか？　それとも疲れた？　怖かった？」

「うーん。慣れないから、びっくりはしたけど……。意外と、お客さんの反応とか、面白かったかも」

サディーン目当てのお姉さま方もたくさんいたけど、ドライドの新作を心待ちにしている読者もいた。突っ立っているだけのシェヘラに話しかけてくれる人もいた。

お客さんの会話についていくのも、結構大変だったけれど。

「疲れたろ」

「うん……まぁ」

サディーンは、シェヘラの両頬《りょうほお》をばしんと押さえた。

「ちょっ、いきなり何」

「顔がかたい。たくさん喋《しゃべ》って、頑張《がんば》って笑って、ここが悲鳴《ひめい》あげてる。だからほぐしてやってんだ、よ！」

ぐりぐりと手の平でこすられて、シェヘラはうわずった声をあげた。

彼の大きな手は、ごつごつしていて温かかった。長い指が耳にかかると、思わず肩をすくめてしまう。

「どうだ。ちょっとは硬直《こうちょく》解《と》けたか？」

べ、別の意味で固まるってこれ……！

耳から頬にかけて、熱を帯《お》びてゆく。彼のつける、しっとりとした香の匂《にお》いが鼻をかすめると、心臓が早鐘《はやがね》を打ってちっとも落ち着かなかった。

「よし。こんなもんだろ」

ようやくサディーンの手から解放されて、シェヘラはようやく力が抜けた。

（うう……。何でこんなに胸がばくばくしてるんだろう）

必死《ひっし》に動悸《どうき》と闘《たたか》っているシェヘラをよそに、サディーンは食べ物を求めて部屋を物色《ぶっしょく》し始めた。

「お前の捜し物って、もしかしてランプ？」

「ど、どうして分かったの？」

「儲《もう》かる見込みのないランプ専門店のときから」

サディーンの足元で、盗賊から奪ってきたランプを入れた袋が口を開けていた。

どうにか心臓を落ち着けてから、

「うん……ランプと望遠鏡《ぼうえんきょう》。父さんの、大事なものなの」

ランプに父親が入っているなんて、言うべきじゃないよね。

そう思ったのに、なぜだか後ろめたかった。

「親父さんの大事なものを取り戻して、お前はどうするんだ？」

「神殿《しんでん》に帰るわ。家族と一緒に暮らしたいもの」

「家族ね……」

サディーンはひとりごとのようにぼそりと呟いた。シェヘラは首を傾《かし》げる。

そういえば、ここのギルドにいるのは若者たちばっかりだ。サディーンたちの親世代が見当たらない。

「それぞれ事情はあるが、親と共に生きられない奴がこのギルドに肩を寄せあってる」

また自分の疑問を察《さっ》したのか、とシェヘラは黙《だま》り込んだ。この男は千里眼《せんりがん》の持ち主なのか？

「じゃあ、サディーンの家族も……？」

何か深い事情があって、彼はギルドを始めたのかもしれない。

サディーンは深く息を吸って、それからゆっくりと床《ゆか》に視線を落とした。

「お、一ディナール落ちてる」

（人の話聞けよ！）

能天気《のうてんき》に落ちたお金を拾っていそいそ懐《ふところ》にしまっている彼を見ていたら、これ以上真剣《しんけん》な話をするのもばからしくなってきたのだった。


ギルドの撤収《てっしゅう》はあっという間だった。商品は砂《すな》が付かないように厳重《げんじゅう》に保管され、テントは素早《すばや》く解体され、その場所は元の泉《いずみ》のほとりになった。

みなそれぞれに商品を背負《せお》って、砂漠《さばく》を歩きだす。女性はラクダに乗せられていたが、男性は自《みずか》らの足で歩いていた。

若いラクダに乗せられたシェヘラの横には、徒歩《とほ》の装備万全《ばんぜん》のサディーンが付いていた。

「あたしが歩いたっていいのよ。あなたは長なんでしょう」

「女性を歩かせるなんて男が廃《すた》るだろ」

遭難者《そうなんしゃ》から金を巻き上げている時点で、もう何か大事なものが廃っているような気がするんだけど……。

砂塵《さじん》の向こうに、少しずつ集落が見え始めた。バスコーに近づいている証拠《しょうこ》だ。

その集落で別の集団とすれ違った。お互い何も言わずに接近《せっきん》し、サディーンは胸に提《さ》げた石の板のようなものを、相手の長らしき人と見せ合っている。

「ねえ、あれは何をしているの？」

近くにいたカイルに、シェヘラは尋《たず》ねてみた。

「お互いが正規《せいき》のギルドと認められた商人かどうか、確かめ合っているんです。石版《せきばん》は国が認可《にんか》した商売人だけが持つ証《あかし》ですからね。商人が盗賊に騙《だま》されないように、ああやって身分を確認し合うんです。盗品の流通を防ぐための仕組みですよ」

石版と合言葉《あいことば》でお互いを確認し合うと、サディーンは香料師《こうりょうし》のニーダと生地屋の仲間を呼んで商談《しょうだん》を始めた。金貨と商品を交換している。

「うちは売るだけなの？」

「私たちはこれから港に入りますから。港の人たちはギルドに頼らなくとも生活に必要なものは自分で手に入れられますし、仕入れをするのに、古い商品は不用になります。これから砂漠地帯へ向かうギルドに在庫を買い取ってもらった方がいいんです。相手も、港で買い逃した商品や、うちしか持っていないような品をほしがる場合もあります」

港で仕入れをするとどうしても大量購入が必要になるが、実際に売れるのはほんの少しの商品もある。そういったものは大きなギルドの売れ残りを安値で買い取った方が荷物も負担《ふたん》も軽くて済む。小さな隊商は割とすれ違いでの商談を重宝《ちょうほう》しているのだという。

「港で仕入れた方がいいものと、交換した方がいいものって、どうやって判断《はんだん》するの？」

「それは、長年の経験で見積もるんですよ。自分のギルドでは何が必要で、何が不要か……行き先や商人の気質《きしつ》によっても異《こと》なりますしね。同じギルドでも、商売の内容は全然違います。そこがまた面白いところなんですよ」

カイルはうきうきした様子で、交渉《こうしょう》しているサディーンの様子《ようす》を見ていた。

商売って、面白いんだ。

ただ物を売ったり作ったりして、お金と交換するだけだと思っていた。

神殿でずっと掃除《そうじ》ばかりしていたシェヘラには、想像のつかない世界だ。

「いい値で売れた。これで蛍国《けいこく》の陶磁器《とうじき》も仕入れられるかもな」

サディーンがお金の入った袋を掲《かか》げて戻ってきた。金額を発表すると、ギルドの仲間たちはみな「おお～」と歓声《かんせい》を上げる。よほどいい金額でさばけたらしい。

「どうした？　まじまじと見て」

サディーンがシェヘラの様子を窺《うかが》う。

「ううん……。イスプールじゃ、こういうの、あんまり見られなかったから」

「興味《きょうみ》があるなら、色々教えてやるよ。捜し物を取り返した後だっていい」

「でも、あたしは」

父さんを取り戻したら、神殿へ帰るつもりだ。商売のノウハウを教わっても、何の役にも立たない。

「そうだよな。……お前には、家族が待ってる」

サディーンはシェヘラの頭を撫《な》でて、すぐに仲間たちと仕入れの打ち合わせに行ってしまった。

彼はシェヘラを無理に引きとめようとはしない。

(そういえば、本当に黙ってくれてるんだ……魔法のこと)

あれから、林檎《りんご》を見せろとも言われていない。他の仲間の態度《たいど》もいたって普通《ふつう》だ。

魔法のことを黙っている代わりに、いざとなったら力を使ってほしいと頼まれているのだから、不思議《ふしぎ》なことでも何でもない。けれど、ある程度の事態を覚悟しながらの旅路《たびじ》だったので、シェヘラはほんの少しだけ、ほっと息をついたのだった。

アラハバートで最も栄《さか》えている都市・バスコー。

港には蛍国をはじめとする周辺三カ国の貿易船《ぼうえきせん》が行き来し、さまざまな人種の商売人たちがひしめき合っていた。

砂漠にはない磯《いそ》の香りが、シェヘラの鼻をくすぐってゆく。

シェヘラをはじめとするギルドの者たちは、ラクダを馴染《なじみ》の宿につなぎ、金庫番に荷物を預けてから、バスコーの街を歩き始めた。

（ここに、父のランプがあるかもしれないんだ）

もしかしたら父さんのランプは、夜に開かれるという秘められた市で売られているかもしれない。

とっくに売れてしまって誰かの手に渡っているなんてことは……ないと思いたい。せめて、望遠鏡だけでも手に入れれば父の居場所が分かるのだが。

「闇市《やみいち》は今晩、行われるらしい。場所も摑んである」

サディーンはその長身を少し屈《かが》めて、シェヘラの耳元で囁《ささや》いた。

「本当なの？」

シェヘラもつられて小声になる。

「確かな情報だ。宿屋の主人は、ここら一帯《いったい》の情報に詳《くわ》しいからな。ガラの悪い集団が宿を取りにきたらしいが、断《ことわ》ったと言っていた。どこかで略奪《りゃくだつ》してきたものを売って、ひそかにまた外に出るつもりだろう」

ならば、今夜が勝負になる。

「それにしても……以前に来たときより、街の空気が悪いですね」

「そういや、門兵《もんぺい》もいなかったな。いつもうるさいくらいに荷物確認されるってのに。だからあんなのがうろついてやがるのか」

バスコーには王城がある。王の住まう都市を守るため、兵士たちが街の入り口で検問《けんもん》をしているのが通常らしい。

二人の言葉に、シェヘラは周囲をきょろきょろと見渡した。

酒場では、昼間から腕に刺青《いれずみ》の入った男たちが酒をあおっている。彼らは酌婦《しゃくふ》を口説《くど》いていたり、商売人に絡《から》んだりしていた。

言葉に異国の訛《なま》りがある。ここにいる奴らは、アラハバート人ではない。

「海賊が昼間から店に出入りしてるのも、妙だな」

サディーンは眉根《まゆね》を寄せて、さりげなくシェヘラをかばうようにカイルとの間に挟《はさ》んで歩きだす。

「あたし、バスコーに来たのは初めてなんだけれど……普段は違うの？」

「はい。半年前に来たときには、もっと穏《おだ》やかな都市でした。治安《ちあん》が乱《みだ》れていますね」

言うなり、男達のがなり声が耳に飛び込んでくる。食器の割れる音、子どもの泣き声。

地元民らしき人の住まいは、窓《まど》や扉《とびら》をかたく閉ざしている。

「おかしいな。……あの男らしくもない」

サディーンがカイルに何かを耳打ちしている。言葉の端《はし》が、シェヘラにも聞こえてしまった。

（あの男……って、誰？）

いつになく真剣な二人に割って入ることができず、シェヘラの疑問は胸の中にくすぶったままだった。


夜がとっぷり暮れると、バスコーはその姿を変えた。

店先に置かれたカンテラが揺れる。昼の雑踏が消え、飲食店が外にテーブルやイスを出した。そこに座《すわ》るのは、酒を片手に泡を飛ばして喋《しゃべ》る男たち。

踊《おど》り子たちがテーブルの上で、腰をくねらせている。金貨がそこら中を飛び交っていた。

「はぐれるなよ、シェヘラザード」

シェヘラは頷《うなず》いて、サディーンの後に続いた。

闇市に潜入《せんにゅう》するのはサディーンとカイル、シェヘラの三人だった。

闇市に現れるのはワケありの連中ばかりだ。そういった雰囲気《ふんいき》に見えるよう、三人は変《へん》装《そう》していた。

サディーンはターバンを取って白銀の髪を散《ち》らし、胸元の大きく開いただらしない服装。

カイルは眼帯《がんたい》をしてその瞳を隠し、シェヘラは胸元と腰で布が分かれた派手な服を選んだ。真面目《まじめ》な神子《みこ》に見えてしまっては浮くからだ。

「サディーン。言っておきますが、入るだけですからね。私たちは様子を見てすぐに出ますよ。正規ギルドの商人が闇市に出入りしてることがバレたら、信用に関わります」

「分かってるよ、だから変装してるだろ？」

酒屋と酒屋の間、小さな路地に三人は体を滑《すべ》り込ませる。

「出品者か？　それとも購入者？」

見張りの男が、三人を値踏みするように眺めている。

「購入者だ」

「一人当たり、銀貨十五枚」

法外《ほうがい》な入場料だ。それだけあれば、ひと月はおなかいっぱい食べられる。

実は、シェヘラの手持ちは残り銀貨五枚なのである。

どうしよう、と狼狽《ろうばい》するシェヘラにサディーンが優しく笑いかけた。

「安心しろ」

彼は懐からちゃりん、と小銭袋《こぜにぶくろ》を出して揺らす。

「あなたが出す気なの？　だめだよ」

自分の捜し物のために、人様《ひとさま》のお金を使うわけにはいかない。

「お前の大事なもんがあるかもしれないんだろ。協力するって言ったんだ、最後まで付き合うぜ。それに、俺が金金言ってるからって、見くびってもらっちゃ困る」

「でも」

「俺は長年商売やって、うんと金を溜《た》め込んできたんだ。今こそ、この経験を生かすとき」

彼は風を切るように颯爽《さっそう》と前へ進み出て、見張りの男の手の平に小銭袋をひっくり返した。じゃらじゃら、と流れ出てきた銀貨は――。

「十枚しかないが」

見張りが訝《いぶか》るように、サディーンを見返す。

サディーンは鼻から息を吸って、ひときわ大きな声で叫《さけ》んだ。

「――まけてくれ！」

(値切《ねぎ》り始めた――！)

後ろにいたカイルは完全に他人のふりをしている。

「ふざけてんのか？　ガキ。入場料払えないなら帰りな」

「そこをどーにかお願いしますよお兄さん！　入るだけで銀貨十五枚なんてそんな殺生《せっしょう》なこと言わないで、人助けだと思ってどーかどーかお願いします！」

「でかい声で騒ぐんじゃない！　警吏《けいり》が来るだろが！」

「国公認の賭博場《とばくじょう》ですら入場料は最高銀貨三枚だっていうのに、じゅうごぉぉぉ枚なんて想像だにできなかったので、手持ちが――――！」

「分かった、もういい。入れアホ！」

舌打《したう》ちされて、強引《ごういん》に入り口に押し込まれると、背中で扉が苛《いら》だたしげに閉められた。

サディーンはにかっと笑って、シェヘラの背を叩《たた》く。

「こういうのはな、シェヘラ。恥《はじ》も外聞《がいぶん》も捨ててアホのふりしてゴネまくる。これがコツだ。相手に後ろ暗い事情があるほど効果《こうか》てきめんだ」

どうせあの見張りが本来の入場料の倍以上ピンハネしてるだろうしな、と彼はひとりで満足《まんぞく》そうに頷いていた。

「カイル、あの」

「今話しかけないでもらえますか。ちょっと気持ちの回復までに時間がかかりそうなので」

彼の頰がぴくぴくしているのを見て、シェヘラは口をつぐんだ。

何はともあれ、入れたんだからよしと……しよう。

先頭を歩いていたサディーンが立てつけの悪い扉を開けた。

闇市、というから何となく市場のようなものを想像していたのだが、中の様子はシェヘラの考えていたものとは違っていた。

入り口すぐに酒場のカウンターのようなものがあり、先客が酒や食べ物を注文していた。

踊り子のような女たちがそれを運び、客に寄り添《そ》っておねだりをしている。女たちが指さす方向にシェヘラは視線を合わせる。

中央に置かれた大きな卓には、七つの木箱が並べられていた。そこには盗品とおぼしき、金銀財宝の数々。「赤」と書かれた札《ふだ》の箱はガーネットやルビー、レッドダイヤモンドなどその名の通り赤の石が、「青」と書かれた札の箱にはサファイアやアメジストがこれでもかというくらい山盛りにされていた。他にも「白」や「黒」など、箱の中は同じく宝石であふれ返っている。

「どう思う」

サディーンは横にいたカイルに耳打ちする。

「オークション形式を取るのでしょうか。どのみち、ここには戦利品を出す賊と、それを買い取る闇商人らが混在《こんざい》していると見てよいかと思います」

案内された席は、中央のテーブルから斜《なな》め左側。三人はそこに座って、客の様子を観察する。

確かに、賊というにはあまり腕が立ちそうにない連中もいる。彼らは買取専門の者たちなのかもしれない。

「見かけない顔だな」

突然声をかけられ、三人はテーブルの前に立った男を見上げた。顔に斬《き》りつけられたような大きな傷のある大男だ。

「新入りの商人か？」

「ああ。今日が初めてだ。すごいお宝ばかりなんで、ブルってるよ」

固まってしまったシェヘラとは対照的に、サディーンは平然とそう返す。

「へえ。あんたみたいな若い兄ちゃんが、こっち側に来るとはねぇ」

どさっ、と男はシェヘラたちが座るソファに腰をかける。

「この取引では、年のいった奴らが多いのか？」

「いんや。若くても市に来る奴はいるさ。まあたいてい、ろくな経歴《けいれき》の持ち主ではないが」

自分の席から水タバコを引き寄せて、男はそれをふかしてみせた。

「お前も吸うか？」

「いや。なあ、俺たちは狙《ねら》ってる品があるんだが、新入りでも競《せ》り落とすことはできるか？」

「金さえ出せばな。ちなみにどんなものなんだ？」

「ランプと、望遠鏡なんだが」

シェヘラはぎょっとした。

正規のギルドの商人が闇市で物を買うのは、まずいんじゃないのか。

おろおろした様子を見せないようにカイルを見やると、彼も険《けわ》しい顔でサディーンを見ていた。やはり、カイルも同じことを考えていたらしい。

「ランプと望遠鏡？　装飾にもよるがそんなに高い金で競るようなものでもないな。なんでそんなチンケなものを狙ってるんだよ？」

「女がほしがってるんだ」

へえ、と男はひげをいやらしく歪《ゆが》めて、シェヘラの方を見た。

(何言ってるのよサディーン！　あたしうまく振る舞えないんだからやめて！)

怯《おび》える心をどうにか抑え込んで、頭にかぶった薄布《うすぬの》のベールの下で無理に笑顔を作ってみせる。

始まりを告げる笛《ふえ》が吹かれた。男は片手を上げて自分の卓《たく》に戻ってゆく。

「正気《しょうき》なのですか？　ランプを買うなど」

男が戻った瞬間非難《ひなん》がましく口を開いたカイルに、サディーンはけだるそうに首を傾けた。

「物のたとえだ。どんな品物が出てくるか分からないからな。俺たちの感覚と市の感覚がどこまでズレているのか、確かめただけだ。ランプも望遠鏡も、普通ならギルドでも大した額ではないだろう」

ということは、サディーンは先ほどの会話から相場《そうば》を確認していたということか。

ただでさえ暗い照明がいよいよ暗くなって、女たちが蠟燭《ろうそく》の灯《あかり》を卓の下に入れ込んだ。

卓の周りだけが明るくなり、会場は静まり返る。

ベールで顔を隠した女が、燭台《しょくだい》を持って現れた。

「お待たせいたしました。競りを始めさせていただきます」

淡々《たんたん》と喋るその女は、卓をぐるりと回して赤の木箱を手前に合わせた。

「ガーネット・ルビー・レッドダイヤモンド。目玉はゴーマッタ家から持ち出した首飾り。かつての王妃《おうひ》もつけていたと言われるものと同じデザインです。これを箱ごと落とす勇者はどちらに？　金貨三百枚から受け付けます」

ゆっくりと会場を眺め回す女に、返事をする者はいない。

「結構。ではバラで競りをさせていただきましょう。まずは目玉の首飾り。金貨七十枚から」

「七十一」

「七十二」

「七十三」

次々と手が上がる。シェヘラはあまりの金額に目が回りそうだった。

そして、さらに倒れそうになったのはカイルの一言だった。

「安いですね」

「や、安い!?　金貨七十枚で？」

サディーンもカイルと同意見のようだ。

「あれはレッドダイヤで、カットの仕方もかなり凝《こ》ってる。さすが貴族の家から盗んできただけあるな。拳《こぶし》ほどの大きさのレッドダイヤ、三百枚でも足りるかどうか」

「さんびゃく……」

そんなお金があったら、船一隻《いっそう》……、いや、もっといいものが買えるかも。

そうこうしている間にも値はどんどん釣り上がり、結局のところ百二十枚で競りは終了した。サディーンの見立てよりも、半額以下の金額だ。

「でも、あれは盗品なんでしょ？　お店で堂々と売ってたらばれるんじゃない？」

「首飾りをばらして売るんでしょう。そうすれば普通の店に置いてあったって、誰も疑問に思いませんからね」

カイルは首飾りを受け取る、太った商人を横目にそう言った。

赤の箱は次々と競られてゆき、あっと言う間に空《から》っぽになった。青の箱はまとめ買いをする男が現れ、白、黒と箱の競りが終わる頃。出品者らしき賊の中には、代金を受け取り帰る者も出ていた。

「サディーン。我々もそろそろ」

腰を浮かせようとするカイルをとどめて、サディーンは厳《きび》しい顔で卓を見つめる。

「待て。もう少しだ」

ベールの女が、小さな宝箱を三つ並べた。

「さて、次はいわくつきの品に移りたいと思います。関わり合いを持ちたくないお方はお引き取りください。この商品を手に入れたことで何らかの不幸に遭《あ》われたとしても、ここでの取引は内密《ないみつ》に。でなければ、命を落とすことになるでしょう」

シェヘラはごくっと唾を呑んだ。

ひとつめ――……と女は箱を開ける。書物が、顔を出した。

「アラハバート神を貶《おとし》め、イフリートこそが本当の神であると語る、過激派《かげきは》の禁書。七百枚から」

カイルは小声で呟く。

「過激派の書物をほしがるとしたら、今の王政に不満を持つ者たちですね」

「そうだな……。ここに来ているのは転売屋で、実際《じっさい》にこれをネタに活動しようとしているのは体制派の奴らかもしれない」

名目上《めいもくじょう》、王はアラハバート神の代理である。アラハバート神を貶める目的があるとするならば、それすなわち王を否定《ひてい》する正当な理由を作るということ。

数回に渡る競りの後、禁書は口ひげをたくわえ、どろんとした目のいかにも怪《あや》しげな商人に売られていった。

（本当に、やばい取引ってこういうことだったんだ）

さっきの宝石や首飾りなんて、まだ序《じょ》の口《くち》だったのかもしれない。

「次は、建国期《けんこくき》の望遠鏡」

ぴたりと、三人の動きが止まった。

女が開けた箱の中には、望遠鏡がひとつ。赤や緑の宝石がはめ込まれた、あの望遠鏡は……。

(間違いない！　あたしの魔法の道具だ！)

食い入るように見つめるシェヘラに、サディーンは尋ねる。

「あれが例の捜し物か？」

「ええ……、間違いない」

何だただの望遠鏡かよ、と客の野次《やじ》らしきものが飛んでいる。

「ただの望遠鏡ではございません。縁《ふち》に描《えが》かれた文字は間違いなく『魔人フーガノーガ・この力を敬愛《けいあい》するアラハバート神に捧《ささ》げる』と刻《きざ》まれています。伝説の魔人がこの世にいたというまたとない証拠です。文様《もんよう》には未《いま》だに解明されていない刻印術《こくいんじゅつ》が施《ほどこ》されている。使われている宝石は『失われた緑』といわれる、ヴェルデの玉石《ぎょくせき》」

決められた台詞《せりふ》を喋るように、女は一定のリズムで語った。

「あ、あの石ってそんなにすごいものだったんだ……」

「……一級の鑑定士《かんていし》が付いてますね」

カイルの感想をよそに、買い手側はみな落とすかどうか考えあぐねているようだった。あまりにも突飛《とっぴ》すぎる品に、逆に手が出ないらしい。

「何よりの証拠は、イスプールの神殿から手に入れたということです。魔人と神の歴史は千二百年前、北から始まったとされています。さあ、信心深《しんじん》い皆様、こちらの品はいかがです？」

信心深いのあたりで、客からは皮肉《ひにく》な笑いが飛び出した。盗品を平気で売りさばき、ましてや禁書まで取引しているというのに信心深いも何もあったものではない。

「百五十枚から。どなたか、これを手に入れたいと思う方は？」

「百五十」

すぐ隣《となり》から、よく通る声。

（さ、サディーン!?）

カイルが頭を抱《かか》えている。なに、競りを始めているんだこの人は。

「正気なの!?　いますぐ取り消した方が」

「お前こそ正気か!?　ヴェルデの玉石だぞ……！　一粒《ひとつぶ》いくらすると思ってんだ！」

「え？」

「大事なもんなんだろ。絶対競り落としてやるから安心しろ。お礼は気にしないでいい、あの石二粒で十分だ」

「気にしないでいいと言いつつ、さりげなくお礼を求めてるじゃない……！」

「百五十一」

先ほど水《みず》タバコを勧《すす》めてきた男が、更《さら》に値段を上乗せする。

「百五十二」

サディーンが負けじと続けて、値はどんどん競りあがる。

百六十枚に突入するころ、カイルがたまりかねたように声をあげた。

「もうやめてください、サディーン。あなたの財産すべてなくなってしまいます」

「大丈夫《だいじょうぶ》だ。ギルドの資金には手を出さないから」

「ここにくるまで、けして平坦《へいたん》な道ではなかったはずです。そうして稼《かせ》いだ金を、一晩で消すつもりですか」

シェヘラは、焦ってサディーンの服の裾を摑んだ。

「サディーン、やめたほうがいいよ。あの石がいくらになるのか知らないけど、もしサディーンの立場が危なくなったら」

正規のギルドの商人とばれたらまずいと、カイルは言っていたではないか。石がほしいからといって、ここで無理するのはよくない。

「あれと同じ石、きっと神殿の宝箱にまだあるよ。ここは引こう」

「バカ、何言ってんだ。望遠鏡が手に入らなきゃ意味ないだろ」

「だって、サディーンは石がほしいって……」

「何だか知らんが、田舎《いなか》もんのお前がひとりで飛び出してこなきゃいけないくらい、あれは大事な望遠鏡なんだろ。そういうもんはな、金でカタがつくうちに取り戻すべきだ。世の中には、金で解決できないこともたくさんある」

じゃあ、サディーンがここまで必死になっている理由は……。

「サディーン、お願いやめて。もういい」

魔法はけして、他人を犠牲《ぎせい》にしていいものじゃない。いやというほど思い知ったはずだ。

「シェヘラザード。金は使うためにあって、使われるためにあるんじゃない。金はまた稼げるが、家族は二度と取り戻せない」

「家族……？」

「お前はうちのテントで飯食って、店に立った。それだけで十分俺たちからすりゃ家族同然なんだよ。家族の大事なもんは、どんな手段《しゅだん》を使っても守るのがうちのギルドの信条《しんじょう》だ」

胸の奥がずきりと痛んだ。

ずっとあたしは疑っていたのに、この人は……。

「百六十五。そこのお兄さん、次は？」

ベールの女が微笑《ほほえ》みかける。サディーンが次の値を口にする前に、シェヘラは立ち上がった。

「こちらは下ります」

注目《ちゅうもく》が一身《いっしん》に集まる。びりびりと背筋に緊張《きんちょう》が走った。

「おい、シェヘラ」

サディーンが腕を摑んで引き戻そうとするが、そのつもりはなかった。

本当は喉《のど》から手が出るほどほしい、あの望遠鏡。でも、他人の力を利用して魔法の道具を手に入れても、きっと父さんは喜ばないだろう。

「よろしいのですね。では、百六十五枚の方に」

水タバコの男がそれを受け取った。

(あとで……あの人に、お願いしてみよう。一回だけ望遠鏡を覗かせてほしいと)

そうすれば父の居場所が分かる。サディーンを犠牲にすることはないのだ。

「本当によかったのか」

腰を下ろしたシェヘラに、サディーンは尋ねた。

「いいの……。気持ちは嬉しかった。ありがとう」

結局、最後のひとつは父さんのランプじゃなかった。

シェヘラはうつむきながら会場を後にした。すっかり東の空は白《しら》けて、朝方の陽が差し込んでいる。

外に出た三人を待ち伏せていたように、顔に傷のある男が現れた。

「よう、残念《ざんねん》だったな。ランプがなくて」

「何のご用で？」

「これ、ほしかったんだろう」

ずい、と男は宝箱をサディーンに押し付けた。蓋《ふた》を開ければ、シェヘラの望遠鏡が顔を出す。

「あんたが手に入れたものだ」

「悪いが、俺は別に望遠鏡がほしかったわけじゃない。あんたと取引するための材料がほしかっただけだ」

「取引？」

「ずっと前から……あんたのことを調べさせていた。やっと王都に入ってくれたのでこの機会は逃《のが》せなかったんだ。まさか正規の商人が闇市に参加するとは思ってなかったけどな」

言い当てられて、シェヘラは思わずたじろいだが、サディーンは表情を変えなかった。

「どんなに隠し通しても、雰囲気がおキレイすぎるんだよ。まぁそれは表の人間だからってことよりも、あんたに流れる血筋に関係するからだろうな」

「……お前は何者だ」

サディーンは男を睨《にら》みつける。彼に触れればこちらが切れてしまいそうなほど、あまりにも鋭《するど》い双眸《そうぼう》だった。

「そう怒るなよ。俺はあんたの味方だ、王子様」

――王子様？

シェヘラの疑問をおいて、話はどんどん進んでゆく。

「ここら一帯の現状は見たろう？　国王が本当に、バスコーを悪都《あくと》にするつもりでいると思うか？」

「俺には関係ない」

「シャフリヤール・ディオン・アラハバート」

初めてサディーンの表情に、動揺の色が浮かんだ。

シャフリヤール・ディオン・アラハバート。その名はシェヘラザードも知っていた。

アラハバート現王の三番目の息子……シャフリヤール王子は、確か十歳の時に病死していたはずである。

幼《おさな》くして亡《な》くなった王子の名を、知らない国民はいない。

『あの不吉王《ふきつおう》の名前なんか付けるから、すぐに死んでしまったんだ』と、当時はかなり騒がれたものだ。

「絶対に王位を継《つ》がせないという意志の下《もと》、お前にはその名が与えられた」

しばしの沈黙《ちんもく》の後……サディーンは笑い声をあげて、後ろの塀《へい》にもたれかかった。

「恐れ入ったよ。とっくに王の系譜《けいふ》から消された俺のことをそこまで知っているとはな。お前こそ、ただの闇商人ではないな。何者だ？」

シェヘラは息を呑んだ。

つまり、サディーンは、死んだはずの第三王子!?

マジッドは顔の傷の上に二本の指を這《は》わせた。頰の肉を持ち上げるようにこすりつけると、傷跡がにじんで消えてゆく。

「第二王子ラティーヤ様のもとに仕えている、マジッドだ。第三王子であるお前に協力してもらいたい」

「俺は城を出された身だ」

「そうだな。今のお前は王子でも何でもない。だが、大きなギルドと民の信頼を得ている」

シェヘラザードはその男の顔をまじまじと見た。顔の傷さえなくなってしまえば、どこにでもいる普通の男だ。身綺麗《みぎれい》にして、官服《かんぷく》に身を包んでしまえば、王の側仕《そばづか》えとして王宮にいても何らおかしいことではない。

「バスコーに来て、何か不審《ふしん》に思わなかったか」

ぴくりと、サディーンの眉《まゆ》が吊りあがる。

「これじゃまるで、賊共の根城《ねじろ》だ。そう思ったんじゃないか？　まるで、らしくない政治だと」

「……何が言いたい」

「そう、あの方らしくない。なぜなら今は、王が政治の実権を握《にぎ》っていないからだ」

「王の年齢じゃ、隠居《いんきょ》には早かったはずだぜ」

「現王は病気で伏《ふ》せっておられる。半年前から、寝たきりだ」

え、とシェヘラはつい口に出してしまった。王が倒れたなんて話、聞いたことがない。

サディーンやカイルも初耳だったようで、二人とも目を合わせた。

「国民が動揺するので、情報は伏せてある。現在は継承権《けいしょうけん》第一位のアフガット王子が王の代行を務《つと》めている」

それで、街の様子が……。

マジッドはサディーンをまっすぐに見ながら、ゆっくり言葉を切る。

「第一王子アフガット様は、海賊からの献上品《けんじょうひん》と引き換えにこの状態を野放しにしている。ラティーヤ様はこれを止めようと動き出しているが、なにぶん彼も正妻《せいさい》の子ではないんでね。協力者が少なすぎる。うまく立ち回れずに後手《ごて》に回ってるんだ」

王族が、海賊と懇意《こんい》にしているってこと？

シェヘラは自分の耳を疑いそうになった。なぜ一国の主が、賊と通じる必要がある。

「急に決まったアフガット王子の婚約も、ひそかな代替わりのせいですか？」

カイルの質問に、マジッドは笑った。

「そうだ。隣国《りんごく》ベルシアの従姉妹姫《いとこひめ》と結婚することで、アフガット王子は力を強めようとしている。王がこのまま亡くなってしまえば、アラハバートはますます荒れるぞ」

シェヘラは闇取引の、禁書のことを思い出す。今の治世に不満を持っている人たちがあれを求めているのだとしたら。

「もしまだお前に気高《けだか》き血が流れていると思うのなら、俺のところに来い。ここの海賊共を一掃《いっそう》するために、一緒に働こうじゃないか」

「俺はただのサディーンだ。クソッタレな王族のことなんざ知らねえよ」

「シャフリヤールと名付けられたことを、恨《うら》んでいるのか」

サディーンの顔に、苦《にが》いものが宿る。

「無理もない。シャフリヤールだ。アラハバート王朝初期の王とはいえ、稀代《きだい》の悪王だからな」

かつて、アラハバートにはシャフリヤールという名の王がいた。妻の不貞《ふてい》に傷つき、人間不信に陥《おちい》ったシャフリヤール王は、乙女《おとめ》を次々とハーレムに引き入れ、床入《とこい》りをすませると翌朝彼女たちを惨殺《ざんさつ》し城の庭に放り投げた。

国中の若い女は消え、残ったのは民に植え付けられた王族への恐怖心。

今でも、王の禁園《きんえん》にこっそり忍び込もうとする子どもたちを大人はこうやっておどかすのだ。

『無闇《むやみ》に庭へ入ってはならない。シャフリヤールに殺された乙女たちが現れて、呪《のろ》われたハーレムへ引きずり込まれてしまうよ』と。

(そんな王様の名前を付けられたら……すごく傷つくはずだわ)

アラハバート国民にとって、『シャフリヤール』は不吉の代名詞なのだ。

「今は名前を変えて新しい人生を歩んでいるようだが、あんたに流れる血を変えることはできない。国王が倒れた以上、これからを考える必要があるだろう」

マジッドは望遠鏡をシェヘラに押し付けた。

「う、受け取れません。これは、サディーンを引き込むための取引の材料なんでしょう」

「いや、これは元々あんたのものなんだろう、お嬢《じょう》さん。あんたもちょっと変装が向いてないね。その白い肌、北の出身者だろう。珍《めずら》しい色の目をしている。昔から、神に愛された子は色素《しきそ》に突然変異《へんい》が出るというからね。おおかた、この望遠鏡を守っていた神子《みこ》さんってところじゃないのか？」

うう、こいつも千里眼《せんりがん》か。

ぱくぱくと口を動かすシェヘラをよそに、マジッドは人を食ったような笑みを浮かべてみせた。

「……シェヘラ。もらっておけ。俺が受け取るわけじゃない。それにお前が返したからといって、事態は何も変わらない」

「でも」

「そうさ。俺が持っていたって何もならないものさ。元の持ち主にお返しするよ」

「お金は」

「あんたたちはここで、何も見なかった。闇取引も知らないし、マジッドという男のことも知らない。ただ通りすがりの男に落とし物を拾ってもらっただけだ。じゃあな」

盗品を買い取ったと知られたら、正規ギルドの名誉《めいよ》に関わる。大人しくマジッドの言うことを聞くしかないシェヘラは、渡された望遠鏡を胸に抱えた。

「……よかったな、シェヘラザード。とりあえず捜し物のひとつは見つかったんだろう？」

「ええ、でもあなたはどうするつもり？　第三王子って、本当のことなの？」

サディーンは黙ってマジッドの去った方向を睨みつけている。カイルは二人に提案した。

「ここで立ち話をして誰かに聞かれてはまずい。場所を変えましょう」

ギルドが逗留《とうりゅう》先として選んだのは、大量の商品やラクダを預かれる規模の大きな宿屋だった。

「あいつの言うとおり、俺の本名はシャフリヤール・ディオン・アラハバートだ」

サディーンの口から直接その事実を聞くと、シェヘラの心臓はぎゅっと縮《ちぢ》こまった。

「あなたは知っていたの、カイル？」

「ええ。私の父がサディーンを引き取ったので、あらかじめ聞かされていました」

サディーンの部屋で、三人は敷物《しきもの》の上に肩を寄せ合うように座り込んでいた。

「俺の母親は現アラハバート国王の誕生祭の際、踊り子として宮廷《きゅうてい》に上がった。そこで王に見初《みそ》められ、俺を身ごもった」

だが、生まれたのが男だと分かった途端《とたん》――。サディーンの母は宮殿《きゅうでん》に住まう正妻や身分の高い側室《そくしつ》だけでなく、ハーレムにいた平身出身の女たちにまで、総攻撃を受けたのだという。

「どうして？　だってもう第一王子も第二王子も、宮殿にいた奥様が産んでいたんでしょう？　なら今更《いまさら》第三王子ができたって」

「第一王子の本当の父親が、アラハバート現王ではないのではないか……という噂《うわさ》が立った時期がありました。第一王子アフガットは、白い肌に黒い瞳をしています。浅黒い肌、白銀の髪と金の瞳は、王に流れる血統《けっとう》を継いでいる特長です」

「お母さん似だったんじゃ」

「なぜか歴代の王はみな一様《いちよう》に、白銀の髪と金の瞳の持ち主です。アフガットが王の血統を語るには、あまりにも突然変異すぎた」

もし母親に不貞の事実がなくても、疑うには十分すぎる要素《ようそ》。

そこで注目されたのは、第二王子ラティーヤだった。ラティーヤの姿は王の生き写しと言われるほどで、血統の面では文句のない人物だったのだ。ただひとつ難《なん》を挙げるとすれば、彼の母親が正室ではなく側室であったことだ。

「そんな理由でラティーヤが王位に就《つ》くなら、第三王子にだってその権利はあるのではないのか……とごちゃごちゃ語る連中が出てきたってことだ」

そうこうしているうちに、第一王子アフガットの母親である正妃は不義《ふぎ》の疑いに耐えきれず精神を悪くしてしまった。それを見かねた王は、生まれたばかりの第三王子に、残酷《ざんこく》なまでの処置《しょち》を施《ほどこ》したのである。

「かつての暴君《ぼうくん》、シャフリヤールの名を与えることで、少なくとも第三王子を王位に就けることはないと知らしめたのです。同時に第一王子に位を譲《ゆず》ることも明言《めいげん》された」

子どもに不吉の王の名を名乗らせたくなければ、宮殿を出て王族の名を捨てろ。

サディーンの母親は、子どもと手切れ金として渡された金貨を抱えて、宮殿を後にした。

「それで、その後、サディーンとお母さんはどうなったの？」

「俺と母さんは、とりあえず生活に必要な金だけは持っていたから不自由なく暮らしていた。でもそのうち母さんは具合《ぐあい》が悪くなって死んじまった。たぶん、王宮にいたときの心の負担《ふたん》をそのまま引きずっていたんだろうな」

サディーンにとって辛《つら》い記憶を引き出してしまった。

シェヘラがうつむくと、「もう終わったことだから」とサディーンは優しく笑いかけた。

「子どもだった俺はどうしていいのか分からなかった。俺に生き方を教えてくれる大人はいなかった。そんなとき、出会ったのがカイルの親父《おやじ》だ」

浅黒い肌、白銀の髪、金の瞳。加えて彼の顔は宮廷で踊っていた母親に似ていた。王の宴《うたげ》を警護していたカイルの父親は、すぐに彼がシャフリヤール・ディオン・アラハバートだと勘《かん》付き、保護したのだ。

「王の血統を見つけた以上放っておくわけにもいかないが、かといってアラハバート王が追い出した子どもを王宮に戻すわけにもいかない。カイルの父親は俺に生きる方法を教えるため、さまざまな職業の人物と引き会わせた。もちろん、遠縁の子と偽《いつわ》ってな。とりわけ気に入ったのがギルドの商人だった」

そのとき、サディーンは既に十五歳になっていた。世話になったカイルの父親の元を離れ、カイルとふたりでギルドを始めたのだ。

「いつのまにか仲間も増えて、俺はそれなりに楽しくやってきた。もうシャフリヤールと名乗ることはない。世間から、踊り子の産んだ第三王子は忘れ去られた」

王が第一王子アフガットを次代の王と決めた。第二王子はアフガットの補佐《ほさ》として働くことになり、第三王子は民に下った。

ここで、いったん王位継承争《あらそ》いは幕《まく》を閉じたかのように見えた。

「まさか今頃になって、ラティーヤから接触《せっしょく》があるとはな」

「第二王子ラティーヤ……って、どんな人なの？」

第三王子なんて放っておいて、勝手《かって》に第一王子と戦えばいい。世間から消えた第三王子など、いてもいなくても同じではないのか。

カイルはそばにあった水差しにレモンを切って落としてゆく。そろそろ喉《のど》が渇《かわ》いた頃だ。

三人はひとまず、カイルの入れたレモン水に口をつけた。

「王位に並々《なみなみ》ならぬ執着《しゅうちゃく》がある人物とは聞きますね。まあ、自分が王になれるかもと思っていたのだから当然でしょう。結局第一王子の本当の父親についても、はっきりしないままですから」

「よく分からないけど……サディーンを取り込みたい理由って何なの？　普通なら第三王子なんて出てこられても、逆に混乱するだけなんじゃ」

「私が思うにラティーヤ王子は、王が絶対に王位を譲らないと決めた第三王子だからこそ、サディーンを担《かつ》ぎ出したいのではないでしょうか」

ギルドを大きくしたサディーンは、今はバスコーだけでなくアラハバート中に顔がきく存在になっていた。感覚や正義を測《はか》る指標《しひょう》も庶民に近い。

そのサディーンの声を政策に反映させれば、民はラティーヤの味方をするだろう。そのうえ、サディーンは城を追われたとはいえ王の血統を継ぐ第三王子だ。政治に口を出す権利は十分にある。

「どんなにサディーンが活躍《かつやく》しても、不吉の王の名を継いでいる以上、シャフリヤール王が誕生することはない。ならばサディーンを従えたラティーヤが次代の王に……という流れに持っていきたいのでしょうね」

それって、なんかずるくない？

カイルの話を要約すると、結局第二王子は絶対に跡《あと》を継げない第三王子を利用するだけ利用して、玉座《ぎょくざ》に納まろうって考えているということだ。

「王は今病床に伏せっておられると、あの男は言っていましたね。お会いにならなくて、いいのですか？」

おかわりのレモン水をサディーンの前に置くと、カイルは物言《ものい》いたげな目で彼を見た。

サディーンはぼんやりとグラスの水面を眺めている。

王のために彼が林檎を求めるのなら、シェヘラは約束どおり魔法を使わなくてはならない。

王が目覚めれば、跡目争いも終息《しゅうそく》しこの面倒《めんどう》からも解放されるだろう。当然彼は林檎を求めるはずだ。

そう思ったのに、サディーンはカイルの問いを無視《むし》した。

「休もう。俺たちはクタクタだ。明日は仕入れた品を整理しなきゃならんし」

「サディーン。あの」

（林檎……使わなくていいの？）

「もう寝ろ。お前ひどい顔色だぞ」

シェヘラは、すっきりしない気持ちを抱えたまま、しぶしぶ頷いた。


改《あらた》めて、自分の体力のなさを実感する。

シェヘラは宿の寝台の上で、くぐもった声を上げていた。

昨晩の闇市潜入のおかげで徹夜《てつや》し、とどめとばかりにサディーンの過去を知らされて、気力と体力が著《いちじる》しく消耗《しょうもう》していた。

話が終わったらすぐに望遠鏡を使って、父の居場所を探ろうとしたのだが、魔力の欠片《かけら》も出せない状態であった。

（体力はともかく、魔力はこんなに回復が遅かったっけ……？　父さんの居場所、早く知りたいのに）

一緒に動いていたサディーンとカイルは、二時間ほどの仮眠《かみん》をとってすぐにギルドの仕事に戻ってしまったらしい。

こんこん、とドアを叩《たた》く音が聞こえて、シェヘラはのそりと毛布《もうふ》から顔を上げた。

「シェヘラザード？　ニーダだけど。もう夕方だし、ご飯食べない？」

シェヘラはあわてて乱《みだ》れた寝間着《ねまき》を整《ととの》えながら、「ま、待って」と声を上げるが、遅《おそ》い。乱暴《らんぼう》にドアは開かれ、食事を載せた盆《ぼん》を持ったニーダと、その足元でじゃれあう子どもたち、それからギルドで見かけた何人かの商人が、彼女の部屋にどやどやと押し入ってきた。

「すげえ！　ほんとに赤と緑だ！」

ニーダにまとわりついていた子どもに顔を覗き込まれる。

「シェヘラザードは、北の人なんだろ。あっちじゃみんな、そんなへんてこりんな目をしてるのか？」

「へんてこりんって言うな、バカ」

ニーダにどつかれ子どもたちは大げさに悲鳴《ひめい》を上げた。

いきなり嵐《あらし》がやってきたようで、シェヘラは口を開けているしかない。

今まで、ギルドの人たちと接する時はそばにサディーンやカイルが必ずいた。人がたくさんいる空間に慣《な》れていないシェヘラは、こんなときどうしていいのか分からなくなってしまうのだ。

「あの、あたしあんまり食欲は」

「海沿いにいられる間に肉も魚も取っておかないと。砂漠に出たら保存食中心になっちゃうし」

強引《ごういん》に盆を押し付けられて、シェヘラはおずおずとソテーされた魚介類《ぎょかいるい》を口に運んだ。

小さな少年は、シェヘラの食事の様子を興味津々《きょうみしんしん》で見ていた。

「なあー、おれデザート食べたい。乾《かわ》いてないやつ」

「さっき食べたでしょ。あと五年経って、いっぱしに稼げるようになったら腹下すほど食べな」

ニーダににべもなく却下《きゃっか》されて、彼は不服《ふふく》そうである。

「あ、りんごだ！」

びくっ、とシェヘラの肩がはねた。

（あっ、あたし、魔法の道具出しっぱなしだ……！）

睡魔《すいま》に負けて荷物をそのままにしてしまったらしい。一人部屋なので油断《ゆだん》していた。

「ニーダはケチだから、おれ、あれ食べる」

「人のもん食うな。あっちで弟と遊んでな」

「やだよー。りんご食べたい！」

慣れているのか、だだをこねられてもニーダは無視している。だがシェヘラは気が気ではなかった。

（魔法の林檎って、食べられるんだっけ……？　食べようと思ったことないから分からなかったけど、とにかくこのままはマズイ）

「お、神子さん。いい望遠鏡持ってるじゃん。装飾全部古めかしいけど、これすごい石だぜ」

今度はサディーンと同じ年頃の青年が、シェヘラの望遠鏡を取り上げていた。

「あ、でも中真っ暗だな……。壊《こわ》れてるのか。もったいない」

魔法の道具は、一般人が使うことはできない。だから当然シェヘラザード以外の人が使っても、真っ暗なままである。それが正常で、壊れているわけではない。

「大丈夫だ。今直してやるからな」

「い、いや本当にいいから」

かぎ爪《づめ》のような尖《とが》った道具をいくつも並べて、明らかに解体しようとしている。

道具が壊れてしまったら、父を捜せないのはもとより、昨晩必死に望遠鏡を競り落とそうとしてくれたサディーンにも申《もう》し訳《わけ》が立たない。

言ったそばから、リンゴを掲げた子どもが部屋を走り回る。

「こら！　シェヘラザードにリンゴを返しなさい！」

ニーダの金切《かなき》り声《ごえ》に、シェヘラは思わず立ち上がっていた。

「お願い、やめて！」

からんからん……と、揺れる皿の下で、炒《いた》めたご飯や、海老《えび》が床に散らばっている。

誰もが驚いて、目を丸くした。

（あっ……どうしよう、せっかく作ってもらった食事が……）

突然、みんなの視線が怖くなった。

謝《あやま》らなくてはいけない。でもうまく言葉が出てこない。

大勢の人に囲まれたことも、他人に親切にされたことも今までの人生、ほとんどないに等《ひと》しかった。

どうすれば、うまく気持ちを伝えられるのだろう。

林檎は食べないでほしい。望遠鏡はそっとしておいてほしい。ただそれだけのことなのに。

「何の騒ぎだ？」

いつの間にかできていた人だかりをくぐって入ってきたサディーンを見て、シェヘラは身じろぎひとつできなくなってしまった。

サディーンは、床に乱した食事や、不満そうな顔をしている年上の商人、泣きわめく子どもたち、そしてその中心にいるシェヘラザードを順番に見た。

「ニーダ。シェヘラに食事を運んでくれたんじゃないのか？」

「そうだけど……。この子が、ちょっといたずらを」

「おれじゃない！　シェヘラザードがニーダの作ったごはんを捨てたんだ！」

サディーンは、シェヘラの方に向き直る。

「そんなに口に合わなかったか？」

「これはその、魔法の、道具が……」

「ガキじゃねぇんだ。道具くらい、見せてやったっていいだろ」

わかってる。望遠鏡は直してくれようとしただけだし、林檎をほしがったのは小さな子どもだ。あたしの方がどうかしてる。

どうかしてるのに、父さんのことを思うと、感情をどうにもできない。魔法の道具は替えのきかない……父とシェヘラをつなぐ、唯一《ゆいいつ》の命綱《いのちづな》だ。壊されてしまえば、家族を失ってしまうかもしれないのに。

「これはあたしと父さんの大事なものだから……壊すわけにはいかないの」

足元で、少年が泣き出した。ニーダがなだめている。

サディーンが子どもから林檎を取り上げ、シェヘラに押し付けた。

「そんなにガラクタが大事かよ」

「これはガラクタじゃない！」

「人を傷つける道具のことを、俺たちは商品にする価値すらないガラクタって言うんだよ」

魔法の道具が？　人を傷つける？

ぞくりと、昔の思い出が甦《よみがえ》る。心臓に小さな針穴《はりあな》をいくつも開けられて、そこからひゅうひゅうと空気が行き来しているような感覚。

「俺はお前の捜し物に協力するとは言ったが、仲間とモメるなら話は別だ」

サディーンの瞳が、いつかの誰かと、重なった。

しばらくの間、忘れかけていた。呪《のろ》われた子に向けられる、あの視線を。

「……ごめんなさい」

かすれた声でそう呟けば、もう勝手に足が動いていた。荷物を抱えて、部屋を飛び出す。

「おい、シェヘラ！」

背中に投げられた声を振り切るように、シェヘラはむちゃくちゃに走りだした。

宿を飛び出し、雑踏《ざっとう》を駆け抜ける。アフラ砂漠へつながる街道まで、あっという間だった。体力がなくてへばっていたのが嘘《うそ》みたいだ。

数滴の涙がこぼれてすぐに、次の滴が新たな膜《まく》を張った。

自分で自分が情けなくなる。魔法の道具を守るために、取り乱して人を傷つけた。

（やっぱり、あたしは魔法の道具なんて持つべきじゃなかったんだ……！）

人を傷つける道具。そう言われて、シェヘラは目の前が真っ暗になったようだった。

『神殿の、呪われた親なし子だ』

冷たくて攻撃的な視線が、今も体中にまとわりついている気がする。

あたしは、あのときから変わらない。あれから何年も経って、神殿の外に出たっていうのに。変わることなんて、最初から無理だったんだ。

「早く……どこかへ、移動しなくちゃ」

父さんのランプがありそうな場所へ。だがすっかり夜になってしまった砂漠をやみくもに捜すのは、難しそうだった。

「そうだ。あなたに乗って、上から様子を見ればいいわ。絨毯、飛びなさい」

シェヘラが地面に広げてやっても、絨毯は沈黙している。

魔力が足りないのだ。絨毯に手を当てて強引に魔力をこめると、突然ぐらりとシェヘラの体は揺らいだ。

頭痛がひどく、寒気《さむけ》がする。少しだけ食べた夕飯を今すぐ戻してしまいそうだ。

急激な体調の変化に、シェヘラは困惑《こんわく》した。

(そういえば、ニーダを治したときも、すごく疲れたんだ……)

まさかとは思うが、自分の魔力は弱くなっているのだろうか。

「そうだ……林檎」

ここで倒れるわけにはいかない。これ以上動くには、体力を回復しなくてはならない。

「魔法の林檎よ、あたしを元気にして」

ところが、林檎はちかちかと弱々しく光るだけで、一滴《いってき》も雫《しずく》をこぼさない。

「一粒でいいの。出して」

林檎を揺らしてみる。だが、同じことだった。何回か繰り返して、シェヘラは苛立《いらだ》ちを隠せなくなった。

「どうして、持ち主の言う事がきけないの⁉　魔力を吸って、雫を出してよ！」

シェヘラが林檎を叩くと、ずず、と音を立てて林檎は光を失った。

気分屋の絨毯にはともかく、林檎にまでこんな態度をとられるとは思わなかった。

手の平から林檎がころりとこぼれた。砂をくっつけながら、それは地面に呑まれていく。

「え……？」

今、林檎が、砂の中に消えたような気がしたんだけど……。

暗闇でよく分からない。手探りで林檎を捜しているうちに、シェヘラの上半身は、バランスを崩《くず》した。

第三章　二人の王子と魔法使いの賭け

父さん。父さん、どこにいるの？

シェヘラは、誰《だれ》もいない、打ち捨てられたような寂《さび》しい神殿《しんでん》に、ひとりぼっちだった。

誰ひとりいない。風ひとつない、孤独《こどく》の世界だ。

そこは彼女が生まれ育った神殿だった。

壁《かべ》についた傷も、柱《はしら》の模様《もよう》も、そっくり同じだけれど、生き物の気配《けはい》がまるでしない。

父さん。あたしよ、シェヘラザード。どこかにいるんでしょう？　母さんも、どこに行ってしまったの？

叫《さけ》び声は、彼女をからかうように、こだまになって消えてゆく。

追い立てられるように、足を動かす。部屋をひとつひとつ確かめても、彼女の家族は見つけられない。あたしは、今、この世界に置き去りにされている。みんなしてどこかへ行ってしまった。

あたしが父さんを取り戻せなかったから、こうなったの？

シェヘラが最後に開けたのは、自分の寝室《しんしつ》だった。出て行く前と変わらない、質素《しっそ》で飾《かざ》り気《け》のない部屋。

そこで、シェヘラは何かにつまづいて、派手《はで》に転んだ。

足を搦《から》め捕《と》られたのは、くすんで泥《どろ》だらけの絨毯《じゅうたん》。

そして、床《ゆか》に倒れた彼女の目に飛び込んできたのは、まぶしいほどに輝《かがや》く玉石《ぎょくせき》の数々だった。

これ……。望遠鏡《ぼうえんきょう》の宝石《ほうせき》だわ。何でこんなに、ばらばらになっているの。

どうにか立ち上がった彼女の目の前には、布をかぶせた鏡台《きょうだい》があった。年頃になったからと、母が娘時代に使っていたものをそのまま譲《ゆず》り受けたのだ。

布を取っては、いけない気がする。

それでも、彼女は手を伸ばした。心臓はだめだ、だめだと警告《けいこく》しているのに。

はらりと指先から布がこぼれて、彼女は驚愕《きょうがく》した。

そこには、疲《つか》れ果《は》てた老婆《ろうば》が映っていた。老婆は鏡《かがみ》を見て、落ち窪《くぼ》んだ目をめいっぱい見開いている。その色は、濁《にご》った赤と緑だった。

これが、あたし。未来のあたし。父さんを見つけられず、正しい魔法も使えなかったあたし。

ポケットに違和感《いわかん》があった。そっと手を入れれば、そこから出てきたのは乾《かわ》いて虫が張《は》り付いた林檎《りんご》の芯《しん》。

力の限り、シェヘラは叫んだ。


「夢……」

汗《あせ》をかいた額《ひたい》に、髪の毛が張りついている。

恐ろしい夢を見た。

「痛《いた》ッ」

体中打ちつけられて、ひどく痛む。

「何ここ……井戸？」

見上げれば月が覗《のぞ》いている。紐《ひも》が切れた桶《おけ》が、それに照《て》らされて転がっていた。

地下用水路《カナート》だ。

水が貴重《きちょう》なアラハバートで、山脈《さんみゃく》からの雪解《ゆきど》け水を街まで届けるために使われているこの水路《すいろ》は、残念《ざんねん》ながらよく干《ひ》からびて使えなくなってしまう。そのたびに古い水路を捨て、新しいものを造っているのだ。

足元には水滴ひとつ落ちていない。おそらくここは捨てられたまま口を開けていた用水路の竪穴《たてあな》だったのである。この高さを見るに、自力《じりき》で登るのは無理そうだ。

（さ、最悪……）

一緒《いっしょ》に荷物も落ちてくれたのが救いだった。

「あたしを乗せて、外に出しなさい」

絨毯の表面をぽんぽんと叩《たた》くが、ぴくりともしない。

シェヘラは、夢を見る前のことを思い出した。魔法の道具は、彼女を拒《こば》んだのだ。

「……嘘《うそ》でしょ？」

慌《あわ》てて、望遠鏡を覗き込む。真っ暗だ。林檎も光を宿《やど》さない。

ほんのわずかも、自分に流れる魔法の力を感じ取ることができない。

道具を撫《な》でてみる。以前は、魔法の道具の方から、シェヘラの魔力を望んでくれている気がしていた。だが、今はそんなものは微塵《みじん》も感じない。あるのは物体としての質感だけだ。

（まさか……）

魔法が、使えなくなっている。

悪夢《あくむ》を思い出し、シェヘラは無意識のうちに喉《のど》をかきむしっていた。


大理石《だいりせき》の床《ゆか》を、踏みしめるのは緑に塗《ぬ》られた官人《かんじん》の木靴《きぐつ》。真っ白な柱をひとつひとつ通り過ぎるたびに、アラハバート特有《とくゆう》の熱い日差しが男の横顔に照《て》りつける。

「マジッド様、おはようございます」

「うむ、おはよう」

女官《にょかん》たちに爽《さわ》やかに挨拶《あいさつ》を返す男が——ほんの数時間前まで、バスコーの闇市《やみいち》で堂々《どうどう》と盗品《とうひん》を競《せ》り落としていたとは誰も想像できないだろう。

王の忠臣《ちゅうしん》の印《しるし》である、王家を称《たた》える鷹《たか》の紋章《もんしょう》を胸に縫《ぬ》いつけた官服《かんぷく》はアラハバート王家に仕《つか》える武人《ぶじん》の証《あかし》。

「ラティーヤ様。ただいま戻りました」

扉《とびら》の前で仁王立《におうだ》ちした彼が、よく響《ひび》く声で自《みずか》らの帰館《きかん》を告げる。けして怒鳴《どな》り散《ち》らしているわけではないのに、その声は扉のはるか向こう、彼の主人まで届いたようだ。

「入れ」

合図《あいず》と共に、開閉係が扉を開ける。

六人が並んで眠ってもまだ余裕《よゆう》がありそうな寝台、天蓋《てんがい》からは金で縁取《ふちど》られた朱《しゅ》色のベールが垂《た》れ下がっていた。その奥にある人影に向かって、マジッドは立て膝《ひざ》をつく。

「申し訳ございません。お休み中でいらっしゃいましたか」

「うん、悪いけどそこで喋《しゃべ》ってくれる？　二度寝するつもりだから」

むずかる声に、マジッドは心の中で嘆息《たんそく》する。またこの方は、正しくない夜更《よふ》かしをしたのかもしれない。少しの間目を離した隙《すき》にこれである。

「シャフリヤール王子と接触《せっしょく》をいたしました。あなたの読みどおり、あの商人は第三王子で間違《まちが》いありません」

「……あの女に似てた？」

「はい」

「じゃあ間違いないね。で、連れてこられた？」

「協力は、断《ことわ》られました」

寝台が軋《きし》んだ。紗幕《しゃまく》越しにも分かる。王子の機嫌《きげん》はすこぶる悪い。

「兄上の婚姻《こんいん》まで時間がない。さっさとあいつを味方《みかた》に付けないと、困るんだよね。何かないの？　あいつが泣いて喜んで、僕に従《したが》いますって言ってくるような何か」

「そうはおっしゃいますが……」

第三王子の王族嫌悪《けんお》は相当《そうとう》なものだ。そんなもの、あるはず――……。

そう思いかけて、マジッドはふと止まった。

ある。

彼がほしがっていたもの。これが取引材料になるかは分からないが、試してみる価値《かち》はある。

「ランプ」

「は？」

マジッドの言葉に、ラティーヤは間の抜けた声を出した。

「シャフリヤール王子は、ランプをほしがっていました。たぶん、ただのランプではない」

紗幕がめくれあがった。

逆光《ぎやっこう》のせいでラティーヤの表情は分からない。だが口調《くちよう》は、新しい玩具《おもちゃ》を与えられた子どものように弾《はず》んでいた。

「面白《おもしろ》い。詳《くわ》しく聞かせろ」

マジッドは昨晩の出来事を、淡々《たんたん》と語り始めた。


喉《のど》が渇《かわ》いた。

シェヘラはぼんやりと、空を見上げていた。夜はますます濃《こ》くなり、星がいっそう明るく輝いている。地下水路の底《そこ》から見上げる、切り取られた円形の空は夜明けがまだ遠いことを告げていた。

魔力はもう、片鱗《へんりん》すら出せなかった。渇ききった老木《ろうぼく》のように、シェヘラの魔力の源《みなもと》は体の中で力なく沈黙《ちんもく》している。

（どうして魔法を使えなくなっちゃったんだろう。絨毯さえ飛ばせれば、こんなのすぐにどうにかなるのに）

いつも、この力は思うとおりにならない。

(力だけじゃない……ギルドの人たちも、傷つけてしまった)

何もかもから見放されて、本当にひとりぼっちになった。

すべてを捨てて、ここで眠ってしまえたら、楽なのかな……。

ふと暗い考えに囚《とら》われそうになって、シェヘラは頭を振った。

(父さんを見捨てるわけにはいかない。何としても、ここを出なくちゃ)

こんなに暗いところにいるからいけないのだ。思考《しこう》までおかしくなる。

視界がはっきりしない中、どうにか足をかけられそうな窪みを探すけれど、そんなものは見当たらない。跳《と》んだり壁を引っかいたりしているうちに、手足は傷だらけになっていた。

絶望が少しずつ、心を侵蝕《しんしょく》し始める。

「……たすけて」

この期《ご》に及《およ》んで、誰かに助けを求めるなんて。さんざん他人を傷つけたくせに、虫がよすぎる。

だけど、外に出て、ランプを見つけなくては。

「だれか、たすけて……」

シェヘラの弱々しい声に、返事をする者はいない。ように、思えた。

上から何かが降ってくる。黒く艶《つや》めくそれは、鳥の羽根だ。

「シェヘラ！　無事か!?」

「うそでしょ……」

「何か掴まれるものを持ってくる。そこでじっとしてろよ」

「サディーン！」

シェヘラを見下ろしていたのは、先ほど嫌な別れ方をしたばかりの青年だった。

「何で助けようとするの」

あたしは彼の仲間を……家族を傷つけたのだ。それはギルドを大切にしている彼にとって、何より許《ゆる》せないことだったはずなのに。

「助けてって言ったの、そっちだろ」

その言葉を地下に落とすと、サディーンはほどなくしてロープを垂《た》らす。シェヘラはそれに掴まって、どうにかこうにか引き上げてもらった。

肩で息をしながら、砂地にへたりと座り込む。サディーンもさすがに人ひとりを引っ張りあげるのに疲れたのか、腕を大きく回していた。

「帰るぞ」

手を差し出され、シェヘラは彼を見上げる。彼は後ろ頭をかいてから、ほら、とシェヘラを強引に立たせようとした。

「……帰るって、どこへ？」

「ギルドだよ。当たり前だろ」

「でも」

「さっきのことだったら、俺も悪かったよ。ニーダにちゃんと事情聞いたから。あいつらも、お前をいびろうと思っていたわけじゃないんだ。お前もみんなに一回謝れば、すぐに馴染《なじ》めるって……」

「魔法が、使えなくなっちゃったの！」

サディーンの言葉を遮《さえぎ》るように、シェヘラは叫んだ。

口に出してみて、シェヘラは自分の胃《い》のあたりが冷え切ってゆくのを感じた。

魔法が使えない。このままじゃ、父さんを取り戻せない。

「何でか分からないけど、道具が、言うことを聞かなくて。こんな」

「落ち着け、シェヘラザード。俺の目を見て、ちゃんと喋《しゃべ》ってみろ」

泣きそうだった。声が震《ふる》えないようにするだけでも、必死《ひっし》だ。

混乱《こんらん》して、うまく思考が働かない。

「戻ろう、シェヘラ。あんな場所に落ちたんだ、どこか怪我《けが》でもしてたら大変だろ」

怪我。その言葉に、シェヘラは息を呑み込んだ。

体を傷つけたら、今の自分は手当てを受けるしかない。命の林檎が使えないのだから。

魔法の力なんて、何もない。あたしはただの、遭難者《そうなんしや》だ。

「ごめんなさい……あたしは、ギルドに戻れない」

驚《おどろ》いた顔をしてこちらを見ているサディーンと目が合った。

そうだ。この人との関係も終わるのだ。

元々、サディーンはシェヘラの魔法の力を見てから、協力を申し出てきた。何かあったらその力を使ってほしいとも頼まれた。

けれど、シェヘラはもう魔法を使えない。ギルドに戻っても、彼女はただの役立たずである。

こんな状態になって始めて、シェヘラはサディーンの大きさに気付かされる。

彼がシェヘラを見つけてくれたとき……すごく安心したのだ。

だが彼が必死になってくれていたのも、シェヘラの魔法を失わないためだったらと思うと、すぐさま心は冷えていった。

もう自分は、彼を頼れない。

(頼る方がおかしかった。ひとりで父さんを見つけ出すつもりだったのに、いつの間にか……)

サディーンの隣《となり》にいることが、心地《ここち》よくなっていたなんて。

うつむくシェヘラをしばし眺《なが》めていたサディーンの雰囲気《ふんいき》が、険《けわ》しいものに変わった。

「魔法が使えなくなった。だから帰れない。それで？　俺がハイそうですかって言うとでも思ったのか？」

「え……？」

サディーンがシェヘラの手を痛いぐらい握り締めて、立ち上がる。シェヘラの荷物を空《あ》いた方の手で抱えて、歩きだしてしまう。

「サディーン、離して。痛い」

「悪いけど離せない。俺は今怒ってるから、手加減《てかげん》もできない」

「本当に、魔法が使えないの。嘘じゃない。ギルドに戻ったって……」

「お前は、俺が魔法を使えなくなったお前を見捨てると、本気で思っているのか？」

「……え？」

惚《ほう》けるシェヘラの顔をちらりと見やって、サディーンは盛大に溜め息をついた。

「まいったな。結構、ショックを受けたぞ俺は」

サディーンの歩幅《ほはば》が広いので、ついていくのがやっとだ。彼は言葉どおり怒っているようで、シェヘラに合わせようとはしない。

（彼は本当に、親切心であたしを迎《むか》えにきたってこと……？）

その横顔が傷ついたように歪《ゆが》んでいたので、シェヘラは後悔《こうかい》の波に呑まれそうになった。

「……ごめんなさい」

「謝っても無駄《むだ》だ」

彼の真心を無下《むげ》にして、シェヘラはしゅんとうなだれた。

「謝っても、もう準備しちまってるからな」

サディーンが急に止まったので、シェヘラは彼の背中に顔をぶつけた。

彼の視線の先をたどって、彼女は思わず声を漏らした。

「これは……？」

四つのかがり火がテントの集落を照らして、昼間みたいに明るい。

女たちはみな店に置いてあるような明るい色の衣装《いしょう》を身にまとい、ベールをくゆらせて踊《おど》っていた。男たちは港から仕入れた楽器を奏《かな》で、年少の者が料理を配っている。

「おっ、やっと主役の登場だ！」

サディーンがシェヘラの手を離すと同時に、わらわらとやってきた商人に両腕を摑まれて、強制的に連行されそうになる。

「あ、あのこれは何の騒ぎで」

「何って、見りゃ〜分かるだろ！　宴《うたげ》だ宴！」

耳元でがなられて、シェヘラは小さく悲鳴《ひめい》を上げた。既《すで》に年かさの商人たちは酒を飲んでできあがってしまっているらしい。

「しかしシェヘラザード、ひでえ格好《かっこう》だな。お前はよく泥《どろ》と砂だらけになる奴だ！　こんな夜にはふさわしくないぜ～着替えろ着替えろ！」

（な、何がどうなって）

シェヘラの混乱を無視して、商人たちは彼女を女性陣の方へ放った。つんのめりそうになったシェヘラの手を取ったのは、ニーダだった。

「着替えるならこっちだよ」

「待って、ニーダ。あの、あたし」

ご飯を落としたこと、謝らなくちゃ。

言葉を続ける前に、ニーダはシェヘラをテントの中に引き入れる。

「ニーダ。あのね……」

「シェヘラ。私、危なかったんだってね。あとからみんなに聞いてびっくりしたんだ」

宴に参加するつもりはないのに、シェヘラはその場から動くことができなかった。

ニーダは熱病にかかったあの日のことを、伝えようとしているのだ。

「よく分からなかったけど、あの夜あなたが助けてくれたんでしょう？　実はちょっとだけ、あのときの記憶があるんだ。あなたがいなければ、私きっと死んでた。もし運よく命だけは助かったとしても、家族とこうして旅をするなんて無理だったかもしれない」

「かぞく……」

このギルドの者たちにとって、共に旅をする仲間は家族だ。

カイルも、ドライドも、ニーダも、サディーンという大きな傘《かさ》の下に集まって、みんな同じところを目指して歩いてる。

ニーダが生死の境《さかい》をさまよっているとき、サディーンは必死に医者に食い下がっていた。ギルドの仲間たちは、皆祈《いの》るように倒れた彼女を囲んでいた。ニーダがどれだけ、ギルドにとって大事な存在なのかが分かる。たぶん、倒れたのがカイルやドライド、他の仲間たちだったとしても、きっと同じようにしただろう。

「私、二年前にも死にかけたんだ」

「え……？」

「私は、王のハーレムに売られる途中だった。父さんが商売に失敗して、借金《しやっきん》を抱えて。あのときは何もかも絶望的だった。好きな人だって、いたのに」

家が没落《ぼつらく》して、娘がハーレムに売られるのは珍《めずら》しくないという。

今のアラハバート王が好色家《こうしよくか》というわけではない。ただ、ハーレムにたくさんの女がいることが王の権力の強さを表すと言われており、実際は宮殿に住まわせている正妻や側室としか夫婦《ふうふ》の関係がなくとも、ハーレムには見目《みめ》のよい女が集められるのだ。

「アフラ砂漠を、バスコーに向かってひたすら歩いたわ。王都に行くのはずっと憧《あこが》れていたのに、こんなに心躍《こころおど》らない旅路は初めてだった。いっそのこと、事故にでも遭《あ》って、何もかもなかったことにしたいって思ったの。悪いことを考えたら、本当にそれが現実になった」

ニーダは人買いと共に流砂《りゅうさ》に巻き込まれ、必死で腕を空へ向かって伸ばした。口にも鼻にも砂が入り込んできて、もう視界も覆《おお》われようとした、そのときだった。

「鷹《たか》の目を使って、サディーンが私を見つけてくれたの。私は彼に命を救われた」

遭難者の保護はギルドの役目――……彼は、そう言ってニーダを助け出した。人買いの男は助からず、サディーンは彼女をギルドに迎え入れた。

「本当だったら、彼は私をハーレムに送り届けなきゃいけないはずよ。でもそうしなかった。流砂に呑まれて死んだことにして、俺たちと家族になろう、って言ってくれたの」

売られたニーダには、戻る家がなかった。彼女が戻れば、また別の人買いに売られるだけだ。

よるべのない彼女に、サディーンは手を差し伸べたのだ。

シェヘラも、そうだった。絶体絶命《ぜったいぜつめい》の時に、サディーンは二度も彼女を助けにきた。

「でも、あたしはみんなに嫌われた」

「絶対にそんなことないよ。シェヘラは人を想う気持ちを持っている人だもん。私を助けてくれたときも、すごく頑張《がんば》ってくれた」

思いやりがあったら、道具を守るために人にひどいことを言ったりしない。

そう思って、ふと、ニーダの言葉に違和感《いわかん》を覚えた。

「あの……あたしの、力のこと」

「うん。よく覚えてないけど、普通の力じゃないんだよね？　あの夜、シェヘラがすごく怖がって、でも必死に私を助けようとしてる気持ちが流れ込んできた。だから、私はこの子の勇気を大切にしようって決めたの」

シェヘラザードから話さない限りは、ニーダも不思議《ふしぎ》な体験については誰にも喋《しゃべ》らない。そう、ニーダはサディーンに告げたのだという。

「怖かったでしょう。みんなが持っていない力を使う。それって、珍《めずら》しい力を使うことよりも、すごいことなんじゃないかな」

不思議な力を使うことよりも、力を使うと決めることの方が、すごい？

シェヘラは首を傾げた。

確かに、怖かった。かつてイスプールで浴びせられた冷たい視線が、彼女をがんじがらめに縛《しば》っていたから。

「あなたは、もしかしたらサディーンがあなたの力を珍しがって、一緒に行動すると言い出したと思っているのかもしれない。でもね、あなたももう気付いているでしょう？」

本当は、そうじゃないってこと。

（そう……本当は、違うって。もっと前から気付きかけていた。でもあたしは臆病者《おくびようもの》だから、ずっと気付いていないふりをしていたんだ）

サディーンはきっと、魔法を面白がったとしても、魔法の力に頼るような人じゃない。自分の生き方は自分で決めて、自分の力で歩きだす。そういう強さを、彼は持っている。でなければ王城を追われてなお、毎日大勢の家族と笑って過ごすなんてできなかったはずだ。

ふいに、先ほどまで見上げていた、彼の傷ついた横顔を思い出した。

「このまま出て行くなんて、礼を欠《か》いているわね」

ギルドの人たちと接するとき、焦《あせ》って怖くなっていた。でも違う。みんなの気持ちや考えに、そのまままっすぐ、向き合っていけばいいんだ。ニーダと話したときみたいに。

心をこめて、サディーンにも、ギルドのみんなにも謝ろう。

それから、もう一度伝えよう。

助けてくれてありがとう。一時期でも、家族として扱《あつか》ってくれてありがとう。

「そうよ。あなたはとっても失礼だわ。もう家族なんだから、黙《だま》って出て行くなんてやめて。今日はあなたの歓迎会なのよ」

「あたしの……？」

「サディーンが、みんなに言ったのよ。もう旅も落ち着いた頃だから、遅れていたシェヘラの歓迎会をやろうって。反対する人なんて誰もいなかった。みんな本当は、あなたと仲よくなりたいと思っていたの。さっきはごめんね、ってうちのチビたちから」

ニーダが取り出したのは、柘榴《ざくろ》の花だった。木登りをして採《と》ったのだろうか。

他にも商人たちから預かったと、煌《きら》びやかな衣装やアクセサリーの数々。

「ごめんね。みんな普段から、ああいうノリだから、シェヘラのこと、戸惑《とまど》わせて。でも、悪気《わるぎ》があったわけじゃないんだよ」

「ううん、分かってる……、あたしこそ、ごめんなさい。……ご飯、おいしかったのに」

「うれしい。また作るよ。さあ、後ろを向いて。砂が髪まで入り込んでる」

商人たちからの贈《おく》り物は、胸元と腰布が分かれた、青い染物のドレスだった。頭に金刺《きんし》繍《しゅう》が施《ほどこ》された透《す》けるような被《かぶ》り布をそっと乗せて、ニーダは満足そうに目を細めた。

仕上げに、真っ赤な柘榴の花を左胸に差す。

「シェヘラ。サディーンはきっと、裏手《うらて》の水汲《みずく》み場にいるわ」


アラハバートは真夏の国だが、北のイスプールは夜になるとぐっと気温が下がった。寒くて、神殿の中で凍《こご》えながら眠りについた夜もあるほどだ。

対して港町のバスコーは、月が昇っても空気が暖《あたた》かいことは変わらなかった。昼間の照りつけるような太陽が沈《しず》めば、流れる風が心地よい。

「サディーン」

シェヘラは、とても小さな声でその名を呼んだ。にもかかわらず、水汲み場のそばで星を眺めていた男は、ゆっくりとこちらを振り返った。

「悪かったな、本当はもっと早く歓迎会をやってやろうと思ったんだ。でも、お前がランプを見つけたら神殿に帰るつもりだっていうから、躊躇《ちゅうちょ》しちまって」

そうだ。北の神殿で、ずっと父さんと母さんと三人で仲よく暮らす。そのためにシェヘラは家を飛び出してきた。

「サディーンに、言ってなかったことがある」

シェヘラは魔法の道具を持ってきていた。林檎、絨毯、望遠鏡を、彼の前に並べる。

「この三つが、父さんがくれた、あたしの魔法の道具。命の林檎……は、知ってるわよね。そして空飛ぶ絨毯、望んだものを映し出す望遠鏡」

「他にも道具があったんだな。でも、そんなに珍しいものをどこで手に入れたんだ？」

「あたしの父さんは、ランプに入った魔人なの。盗賊に奪われた父親を捜して、空飛ぶ絨毯に乗って砂漠までやってきた」

「は……？　魔人？」

「そう。あたしは魔人の父親と、人間の母親から生まれた半魔人の子。黙っていてごめんなさい」

「お前の話には、驚き慣れたな」

サディーンがいたずらっぽく笑って、シェヘラの頭のベールをめくりあげる。他の人にされたらきっと嫌だと感じただろう。だが今は自然と、不快《ふかい》な気分にはならなかった。

「シェヘラの父親は、シェヘラよりすごい魔法使いなのか？」

「父さんは、その気になればアフラ砂漠の真ん中に海を持ってくることだってできるし、イスプール中を花でいっぱいにすることもできるし、漁師の船が沈むくらい大量の魚を集めることだってできる。でも、父さんはそういう魔法の使い方はしないの」

アラハバートが人間の手だけで治《おさ》められるようになってから、千年。

魔人はランプの中でずっと見守ってきた。アラハバートの移りゆく様《さま》を。

「自分のためだけに魔法を使ってはならない。いたずらに、誰かひとりの利益《りえき》になるような魔法を使ってはならない。魔法に甘《あま》えてはならない。これが、父さんの口癖《くちぐせ》」

人と違う力があれば、誰しもがそれを使いたがる。

でも少し待って、考えること。その魔法を使うと、誰が喜んで、誰が悲しむのか。

この世の理《ことわり》を曲げることは、必ずどこかの誰かの運命を捻《ね》じ曲げることになる。

正と負、それぞれの天秤《てんびん》が、自分の正しいと思う方に傾いたなら。そのとき、初めて魔法を使いなさい。

「あたしは最初、その言葉の意味が分からなかった。だってそうでしょ？　魔法があるなら、使えばいい。その方がずっと便利だし楽しいもの」

「まあ、そうだよな。人生楽しい方がいいに決まってる」

サディーンが頭の後ろで腕を組んで、そう言った。

「だからあたしは、魔法の絨毯を使ったの。とっても小さい頃。そのとき、イスプールの村にはひとりだけ友達がいた。その子が空から村を見てみたいって言うから、魔法を使えばいいって。そうしてあたしは、その子を乗せて飛んだ。友達が乗りたいって言ったんだもの。自分のために使うんじゃないって」

でも、心のどこかで本当は――。自分が空を飛べる道具を持っているということを、自《じ》慢《まん》したかった気持ちがあったんだと思う。

あたしはあなたたちとは違う、特別なんだって。

子ども特有の自己顕示欲《じこけんじよく》。それが大事を引き起こした。

絨毯が飛翔《ひしょう》したときに、シェヘラの友達はバランスを崩したのだ。どんなに命令しても、絨毯は落ちてゆく友人に追いつかなかった。

「その子は――……」

「広場の真ん中に叩きつけられた。全身の骨を折って、重態だった。でも幸い、息はまだあったの」

シェヘラは、人目を気にする余裕もなく魔法の林檎を使ったのだ。死者に林檎は効かない。一刻《いっこく》を争う状況だった。

シェヘラの林檎が光を灯《とも》すと同時に、その子は命の危機を脱した。

しかし、事態は思わぬ方向へと動きだす。

「神殿に帰ったとき、村人たちが奇跡《きせき》の力を出せと言って、母さんを責め立てていた。でも母さんは神子《みこ》以外は出入りを許されていない宝物庫に、あたしと魔法の道具を隠したの」

アラハバート神を奉《まつ》る神殿で、村人たちが暴挙《ぼうきょ》に出られなかったことも幸いした。北の民は、信心深い人間が多かったのだ。

村人が帰ってからも怖くてずっと宝物庫に隠れていたシェヘラに、訃報《ふほう》が届いたのは一夜明けてからのことだった。

『シェヘラザード。落ち着いて聞いてちょうだい。あのお友達は、ご家族と一緒に亡《な》くなったのよ』

母の言葉に、シェヘラは信じられない思いだった。

「奇跡の力が神殿にないと分かると、村人たちは、あたしの友達がその力を持っているのではないかと勘《かん》ぐったのよ。そして、あの子の家が襲《おそ》われた……。ちょうどあの年、農作物が悪天候でやられて全滅《ぜんめつ》していた。みんな餓《う》えていたの。だから、使いようによってはとんでもないお金になる魔法の力を欲《ほっ》した」

家を荒らされ、必死で逃げた一家は、荷を引いていたロバごと谷底へ転落し死亡した。

シェヘラが駆けつけたときには、遺体《いたい》はとっくに引き揚《あ》げられていた。

谷底を眺めながら、シェヘラは泣いた。嗚咽《おえつ》と共に涙がこぼれて、岩肌に溶けていっても、遠目《とおめ》にも分かる血の跡は消えなかった。

あれは、あの子のものか。それとも両親のもの？　確か、小さな弟がいると言っていた。

あたしが魔法を使わなければ、一家が死ぬこともなかった。友達を失うこともなかった。

あたしは間違いなく、この力で人を殺したのだ。

「あれから、他人が怖くなった。そして、自分自身のことも……あたしの魔法は、人を」

傷つけるのだ。

続けようとした言葉は、サディーンに強く握られた手によって止められた。もう言わなくてもいいと、彼はぼそりと呟いた。

あの日から、シェヘラを見る村人の目が変わった。

一家の悲惨《ひさん》な事故は、いつの間にかシェヘラの評判《ひょうばん》を落としていた。

「あたしね、表向き、みなし子ってことになっているの」

魔人の子であるシェヘラは、普通の生まれをしていない。母親の腹からたった二十日間《はつか》で出てきたのである。

人間が、そんな短い期間で子を産み落とすのは不可能だ。

詮索《せんさく》を避けるため、彼女は表向き神殿に捨てられていた子どもということになっていた。

母親に似ていなかったので、誰もがそれを疑わなかった。

「おかしな瞳の親なし子。それに加えて、あの事件。呪《のろ》われた子が人を惑《まど》わせたと、村人たちは噂《うわさ》した」

「そんなの、村人がお前に責任をなすりつけているだけだろ」

「あたしのせいであの子が死んだことには変わらない。あの子には、どんなことをしても償《つぐな》いきれない……」

すべてが終わったのち、シェヘラはランプを必死にこすって、父親に泣きついたのだ。

「友達とその家族を生き返らせてほしい。そうお願いしたわ。何度もね」

一度消えてしまった命は取り戻せない。いくら魔人の力があったとしても、この地上から失われたものはもうどうにもできないのだと、シェヘラの父は告げた。

どんなに望んでも、それだけは叶えられない。

それなら、とシェヘラは続けた。

「消して、って言ったの。父さんの魔法であたしの力を消して、あたしの記憶も、みんなの記憶も消してよって。そしたら手じゃなくて煙《けむり》でぶたれたけど」

シェヘラザードは、辛い記憶と持て余《あま》す力を引きずって生きていくことに耐《た》えられなかったのだ。

「それで、お前の父親はなんて言ったんだ？」

シェヘラはゆっくりと息を吸ってから、吐《は》いた。

「村人の記憶も、お前の力も消すつもりはない。ただ、魔法に好かれるか嫌われるか、それはお前自身の生き方が決めることだ。魔法と共に生きるか、魔法を捨てるか、お前自身が決めなさい、と」

それは人として生きるか、魔人として生きるか、の選択だった。

魔法の力は怖い。でも父から授《さず》かった、大事なものでもあった。アラハバートの神話を聞いて育ったシェヘラは、魔法の力に憧れてもいた。

だが、シェヘラザードの魔法は、友人を失った日を境《さかい》に少しずつ力を失っていった。一日一回の回数制限が発生し、特に絨毯はシェヘラの意志を無視するようになった。

まるで、中途半端《ちゅうとはんぱ》な自分を表すかのように。

「お前にとって、魔法を使うことは賭《か》けなんだな」

シェヘラはサディーンの横顔を見つめた。

「正しいか、正しくないか。今使うべきか、やめておくべきか。しかし賽《さい》を投げるときは、どちらの選択をするにしても覚悟《かくご》がいることだ」

魔法はすべての人を幸せにできるような都合《つごう》のいいものじゃない。世の理を曲げた以上、必ずどこかにしわ寄せがくる。

それを予想し、現状と比べ、どちらがましか。それを考えなければならない。

「ニーダのために力を使ったお前は、全身からぴりぴりとした空気が出ていて、触れればこちらが切れそうだった。その日ギルドについたばかりの旅人が何をしようとするのかと思ったが、不思議と止める気になれなかった。気迫《きはく》負けしたのは、あのときが初めてだったんだ」

分厚《ぶあつ》い雲が、月を隠した。暗闇の中で、サディーンはシェヘラの頭をそっと撫《な》でた。

「それだけの決意をしてくれたんだよな、会ったばかりの俺たちのために」

「……あのとき助けなきゃ人でなしじゃない」

「それでも、賽を投げる瞬間は、怖かったはずだ」

……怖かった。

ここから追われて、砂漠の中をあてどもなく歩くことよりも、また昔みたいな失敗を繰り返すんじゃないか。そのことの方が怖かった。

「悪かったな。俺が、気軽に何かあったら魔法を使ってくれなんて言ったから。お前にそこまで覚悟させなきゃいけなかったなんて、知らなかった」

「サディーンは、悪くないよ」

「俺は魔法の力がほしかったんじゃない。まぁ確かに、ニーダのことを考えれば命の林檎はほしいかもしれないけど、俺は魔法の力で成功してやろうとは思わない。未知《みち》の力でのしあがったって何も面白《おもしろ》くないからな」

予想通りの答えに、シェヘラは思わず口元をゆるめた。ざあ、と強い風がとおりすぎて、雲を北へと流してゆく。

「俺と一緒に来いよ、シェヘラ。魔法があってもなくても構わない。俺はお前自身を見て、家族にしたいと思ってるんだ」

「神殿暮らしのあたしが、ギルドなんて……」

でも、何となく頭に描いてみたら、思った以上にすんなり想像できた。

ギルドのみんなと砂漠を旅して、物を売って。きっとあたしはあんまり器用な方じゃないから、何をしてもカイルにあきれられると思う。勝手に人のことをネタにするドライドを怒って、大きな町にたどり着いたらニーダとおしゃれをして観光する。夜は今日みたいに宴会をして、サディーンの隣で、ひとしきり笑う。

神殿の暮らしよりも、ずっとずっと、胸が焦《こ》がれる未来だった。

「父親が見つかっても。ずっとここにいてくれるか？」

月明かりの下、サディーンは真剣《しんけん》にシェヘラの眼を見つめていた。

逃げられない、ごまかせない、はぐらかせない。

「あたしは……」

父さんを見つけなくては。母さんも、神殿でずっと帰りを待ってくれている。

「返事は急がない。お前の父親捜しが優先だ。でも、もしお前が、新しい世界に踏み出したいと思うなら……俺は、お前をいつだって受け入れる」

言いよどむシェヘラを抱き寄せて、サディーンはそっと声を落とした。

「だから、考えておいてくれよ。すべてがうまく収まったら、その先のことを」

顔が熱くて、まともにサディーンを見上げることができない。シェヘラは彼の腕の中で硬直《こうちょく》したまま、声も出せずにいた。

早く離してくれなくちゃ、足からどろりと溶けてしまいそうだ。

それでも、なぜだか抵抗する気にはなれなかった。

迷宮の中に入り込んでしまったかのように、どうしていいのか分からなくなって、シェヘラは途方に暮れた。


現アラハバート王が病床《びょうしょう》についてから、はや半年。王の病気は伏せられたまま、事実を知っているのは国の頂点にほど近い者のみとなっていた。

公式行事に顔を出すのがアフガット王子ばかりなので、そろそろ王の病気を隠したままにしているのは限界だ。国民に王が倒れたことを伝え、次代の王として冠《かんむり》をかぶる覚悟はできていると、公表するべきである。

耳元で口やかましくそう唱《とな》え続ける宰相《さいしょう》に、憎《にく》いものでも踏み潰すように歩いていたアフガットは舌打ちをした。

「私のやり方に意見をするな」

「しかしですな、アフガット様はもうすぐベルシアの姫との縁組《えんぐ》みも控《ひか》えておいでなのですぞ。君主《くんしゅ》たる現王が、第一子の正妃にまったく顔を見せないとは……あちらも不審《ふしん》に思われるはずです」

「まだ準備は整っていない。今代替わりを宣言《せんげん》しては、ラティーヤに付け入る隙《すき》を与える」

「ですが」

「宰相。いつまでついてくる気だ？　ここから先は、王の血を持つ者以外は出入りを許されていない」

「も、申し訳ありませ……」

アフガットは宰相の謝罪を最後まで聞くことなく、立ち入り禁止区域に足を踏み入れた。

黒い髪の隙間から覗く、漆黒《しっこく》の瞳を険《けわ》しげに細め、彼は王の部屋へ続く扉の前に立った。

第一王子の姿を目に入れるなり、警護の者があわてて敬礼《けいれい》し、扉の端《はし》に体を寄せる。

「父上。アフガットが入ります」

返事などないことは分かっているが、それでも希望を込めて返答を待つ。少し経ってから、分かりきった失望を胸に扉に手をかけた。

城の最上階、回廊の一番奥にある巨大な部屋。この場所は、歴代の王たちが過ごした王のためだけの私室だ。

広い寝台にはアラハバート神とその魔人たちをモチーフにした彫刻《ちょうこく》が刻《きざ》まれ、天蓋《てんがい》から下りる紗幕《しゃまく》が揺れている。敷物は一級の織り師に任せた国産の絨毯、調度品《ちょうどひん》すべて、この部屋の主が眠り続けていようとも使用人たちによって埃《ほこり》ひとつなく磨《みが》かれていた。

女官《にょかん》がアフガットの前で跪《ひざまず》く。王が倒れてからというもの、仕える者たちは交代で昼夜問わずに王につきっきりの状態だった。

「下がれ」

女官に一瞥《いちべつ》をくれてから、アフガットはそう言った。女官は立ち上がり、深く礼をするとそのまま音も立てずに去ってゆく。

許されない限りは、王族と口を利くことや、目を合わすことすら不敬とされる。あの女官はそれをよく心得ていたようだった。

紗幕をかきわけ、アフガットは眠り続ける父王の顔を確認した。胸が上下しているので、とりあえずは生きているらしい。

日に三度、父親の生死を確認しなければ気が収まらない。彼の立場は、アラハバート現王があってこそのものだ。王が倒れれば、たちまち崩れるもろい足場の上に立っている。

「まだ、あなたに死なれるわけにいかないのです」

アフガットの独り言も、王の耳には届かない。

「あなたが私を王にすると言った――口に出したことは、守ってください、アラハバート王よ」

ただ黙って眼を閉じる王の浅黒い肌には、長年の苦労をしのばせる皺《しわ》が刻まれている。短く刈《か》られた白銀の髪。その眼が開かれているときは、自分以外の者を威圧《いあつ》する金色の光がぎらついていた。

アフガットの持たざる王の資質。それを確認するたびに、口惜《くちお》しくてならない。

何としてでも王になる。自分はそのためだけに生きている。

民にアフガットこそが真なる王だと認めさせるまでは、目の前で眠り続ける男の力が必要だった。

彼が正真正銘《しょうしんしょうめい》王の子であり、王位継承権を持つ者であると宣言したのはこの父親だ。自分の要素をまるで持たない息子を跡継ぎに指名し、第二王子をしりぞけ、幼《おさな》い第三王子にいたっては不吉の名を与え城から追い出した。

かといって、王はアフガットを甘やかしたわけではない。

むしろ、彼は第一王子にも第二王子にも、興味を示すことなどなかった。跡継ぎなどどうでもいい、どちらもふさわしくないなどとでも言うように。この城の中で暮らす三人の父子は、滑稽《こっけい》なほど他人だった。

なぜ自分を王位につけると宣言したのか、アフガットは嫌というほど分かっている。

彼の母親は、アラハバートをさらに北上したベルシアという国の王女だった。ベルシアとの国境には数少ない耕地《こうち》があり、北の民の貴重《きちょう》な生活基盤になっている。

ベルシア王女と現王が結婚してから、耕地をめぐるいさかいはなくなり、更にアラハバートはベルシアを通じて貿易取引先を増やしていった。

ベルシアの協力なしでは国交を結べなかった国もあり、アラハバートの外交はもっかこのベルシアに依存している状態であった。

アフガットを不義《ふぎ》の子と認めてしまえば、自らの名誉《めいよ》に泥《どろ》を塗《ぬ》られること以上に、ベルシアとの関係が悪化する可能性がある。

結局のところ、王は民のために妻の不貞《ふてい》の疑いに目をつむったのだった。

長子が王位を継ぐ慣習《かんしゅう》にのっとりアフガットが指名されたが、もし自分が次男で、母親がハーレムの出身だったらこうはいかなかっただろう。

追い出された第三王子は、間違いなく王の血を継いでいた。母親さえ身分のある女だったら、第三王子も王座につく機会を十分狙えたのだ。

シャフリヤール・ディオン・アラハバート。今は平民として暮らしている、自分の異母弟。

あのような名前を付けておきながら、なぜ王が末弟を手放したのか……いまだに理解できない。

だが、アフガットにとっては好都合だった。

こうなったら何が何でも自分が国王になり、盤石《ばんじゃく》な体制を整えなくてはならない。すぐ後ろには、第二王子ラティーヤが今か今かと爪《つめ》をといで待っている。

そう考えていた矢先、王が不治《ふじ》の病で倒れたのだ――。

「アフガット様。ご報告をよろしいですか」

扉からでなく、その声は天井《てんじょう》から響いた。アフガットは「続けろ」と、視線ひとつ動かさずに答える。

外に放っていた、自分の目代わりの偵察《ていさつ》部隊。常日頃《つねひごろ》からアフガットの身辺に付き、必要があれば場所など関係なく現れる。

「闇市で神器《じんぎ》を手に入れた者を見つけました」

「それは林檎か？」

「いえ。望遠鏡だそうです。神器の持ち主を殺してはならない、とのご命令でしたので泳がせましたが……」

「現在、神器を持っている者の居場所さえ分かればいい。持ち主は絶対に殺すな。神器の意味がなくなる。引き続き調査を続けろ」

「かしこまりました」

気配《けはい》が消えた。神器を持つ者の元へと移動したのだろう。

おそらく、望遠鏡の持ち主が残り二つの神器を所持しているはずだ。もしそうでなかったとしても、最初に見つかったのが望遠鏡なら、それを使って林檎を見つけることができるはず。

「必ずあなたを生かしますよ、父上」

どんな病気や怪我も治す、魔法の林檎。その存在を大まじめに語ったとしても、誰しもが与太話《よたばなし》だと笑うだろう。

しかし、アフガットは違った。

王の特徴を持たずに生まれたために、彼は人一倍王族に対する執着心《しゅうちゃくしん》を持っていた。アラハバート建国期から、現在に至《いた》るまでのすべての王の政治・外交・性格・子の数や死因にいたるまで、ありとあらゆる王族の歴史を調べ尽くした。考古学者も、王族に関しては彼の知識の前にひれ伏すほどだ。

誰でもいい。黒髪で、白い肌の王はいないか。彼の興味はそのひとつに尽きた。自分のような容姿《ようし》の王が過去に立っていたとするならば、口さがない連中に何を言われたとしても、心から自分を肯定《こうてい》することができる。

近年の王ならともかく、建国期近い話となると、正確な歴史など残されていない。ほぼおとぎ話だと言ってもいい。魔人や精霊がうようよしていた千年前のアラハバートの話など、喜ぶのは子どもくらいのものだ。

初めは自分に似た王を探していただけだったが、派遣《はけん》していた発掘隊が思わぬものを見つけてきた。

それは、建国期がおとぎ話でないことを証明する、画期的《かっきてき》な発見だった。アフラ砂漠ができる前のアラハバートは、確かに精霊や魔人たちが、人間と共存《きょうぞん》していたのだ。

「ジルータス。居るなら出てこい」

開いてもいない窓の方から風が吹いた。その風は小さな竜巻《たつまき》のように足下《そっか》で渦《うず》を巻き、やがて大人の男ほどの大きさになって、煙を立ち昇らせた。

ぼんっ、と小さな爆発音《ばくはつおん》と共に現れたのは、四色の瞳を持ち、蛇《へび》のようにうねる長い髪をした、女の魔人だった。顔の上半分は無垢《むく》な乙女《おとめ》のように清らかなのに、耳元まで裂《さ》けた口がすべてを台無《だいな》しにしている。

水あめをかき回すようなねっとりとした声で、彼女は呼びかけに答えた。

「アフガットの坊《ぼっ》ちゃんか。何の用だね？」

「神器が見つかった」

坊ちゃんと呼ばれるような年齢はとうに過ぎたのだが、千年以上生きている存在からしてみればアフガットはまだ赤子《あかご》のようなものなのだろう。

腕を組んで父親を見下ろしながら、アフガットは続けた。

「本当に、神器があれば王は助かるんだな？」

「もちろんだよ。魔法の道具だ。ただし使い手も揃《そろ》って連れてこないとだめだねぇ」

「使い手に関して、お前は何か知らないのか」

「憎《にく》たらしいフーガノーガが持っていたことは知ってる。だが現在の持ち主は知らないね。あたくしも、最近までここに眠っていたクチだから。今がアラハバート歴で何年、何代目の王の時代かすら分からないよ」

「千二百五年、王は二十六代目だ」

「あんたが二十七代目？」

「おそらく」

このまま、王が死ななければ。

王の病はこんこんと眠り続け、ある日突然息を引き取るという奇病《きびょう》だった。痛がることも、苦しむこともない、ある意味理想的な死に方だ。

発病したのが今でなければ、アフガットもあえて王を放っておいたかもしれない。長年政治手腕《しゅわん》をふるってきたのだ、最期《さいご》くらい穏やかな死が許されてもいいだろう、と。

だが、引継も済んでいないのに死なれるのだけは困る。ラティーヤの問題もまだ片付いていない。

王を目覚めさせるために、国内外から医者や薬師《くすし》だけでなく、祈禱師《きとうし》やまじない師まで呼び、尽《つ》くせるだけの手は尽くした。それでも王は目覚めなかった。

アフガットは心身共に疲労困憊《こんぱい》していた。

それとは正反対に、王の子でありながら、王の病《やまい》に無関心なのは第二王子ラティーヤだった。彼にしてみれば、むしろ王が死んでくれた方が都合がいいのである。第一王子を擁《よう》立《りつ》する一番の権力者がいなくなるのだから。

アフガットはたった一人で父王のために奔走《ほんそう》し続けた。

一縷《いちる》の希望を見いだしたのは、そのさなかだった。

たまたま、王の件とは無関係に調べさせていた遺跡《いせき》から変わった品物を発見し、部下がアフガットに献上《けんじょう》したのである。

出土品のランプから現れたのが、この女魔人・ジルータスであった。

「本当に、父上は助かるんだろうな？」

「あたくしがあんたに嘘をついたことなんてあったかい？　いにしえからの契約は絶対だ。持ち主の願いは叶《かな》えないとね」

アフガットの願い。それは、母の意志通り、王になることだ。

王になって、さんざん自分の生まれを勘ぐってきた奴らを見返してやる。

ラティーヤにも、ましてや追放された第三王子にも、次代の王座を渡すことはしない。

「お前が直接、王を治すことはできないのか？」

「それは無理さ。あたくしは魔人の中でも大した力はないからねぇ。せいぜいできるのは、助言《じょげん》だけだね」

「お前は今私の願いを叶えると言ったが」

「ああ、叶えられる範囲のものはね。あたくしは何でも叶えられる、とは言ってないよ？　けけっ」

食えない女だ。

だが、アラハバート初代王は精霊が幾人《いくにん》も付き従い、人から神になったのだという。それが神殿に奉《まつ》られているアラハバート神だ。

この魔人も、そういったものの一種なのだとしたら、無下《むげ》にも扱えない。

既《すで》にアフガットの中に、非現実的な存在を否定する気持ちはなくなっていた。現に目の前に現れて、喋っているのだ。否定のしようがない。

それに現状、どんな手を使っても父が目覚めることはなく、自分の外見が変わるわけでもない。もしこのランプを拾ったのがラティーヤだったとしたなら、迷うことなく使うだろう。

ラティーヤが嗅《か》ぎつける前に、この魔人を自分のものにしておく方が賢明《けんめい》だ。

ジルータスと出会ってから半月。ようやく手がかりが見つかった。

国のあらゆる場所を捜させたが、ついぞ見つからなかった魔法の林檎。海の向こうへ渡った可能性や、命の魔法が別の器《うつわ》に移ったことを考え、賊《ぞく》を雇《やと》って林檎に限らず様々な古代の宝を集めさせた。

宝を集めるだけでは無意味だと知ってからは、闇市をまるごと買収し、古代の宝を求める使い手を同時進行で探させた。奪われた宝を追いかけるとしたら、自然と闇のルートに目を付けるはずだ。

これもすべては、王を生かすため。

アフガットは拳《こぶし》を力強く握る。

「必ず見つけ出してみせる……」

王の玉座《ぎよくざ》は、すぐそこだ。


シェヘラは行き詰まっていた。

魔力を失った彼女は、今はただの少女。父親のランプをどうやって捜したらいいのか、見当もつかない。

「そもそも、なぜ一緒に奪われた望遠鏡は闇市にあって、ランプはなかったのかしら。同じ賊が売ったのなら両方出品されていてもおかしくないはずなんだけど」

顎《あご》に指をあてて考え込むシェヘラと、向かい合うサディーンにカイルが茶を出した。

ギルドの中央に張られたテントには、サディーンとカイル、シェヘラザードの三人が、卓に広げられた地図をひたすら睨んでいた。

「別の賊に渡ったのかもしれませんね」

カイルは、シェヘラのいたイスプールの神殿に人差し指を置いた。

歓迎の宴以来、カイルの態度が前より柔《やわ》らかくなった気がする。初めて会ったときのつんけんした感じが少し取れているような。

宴に参加したことで、お客様から仲間へと、関係が変化しつつあるのかもしれない。それはとても嬉しいことだし、頭脳明晰《ずのうめいせき》のカイルが力を貸してくれることは何よりとても心強かった。

「賊同士の奪い合いもこのところ多発しているようです。しかもその賊たちは、皆いっせいにバスコーを目指し、奪い、奪われつつ前進している」

「闇市がある……から？」

シェヘラの疑問に、今度はサディーンがバスコーの位置に長い指を置く。

「闇市は以前からあった。けれど、以前よりも賊たちの動きが大胆《だいたん》になっている。あいつらは何かもっと大きな勢力に、抱き込まれているんじゃないのか」

バスコーには貴族や豪商《ごうしょう》たちの住まいが集中している。そこに雇われたと考えるにしても、一組や二組の賊ならまだしもアラハバート中の賊が動くほどの力を有しているとは思えない。だいたい、そんな後ろ暗いことに手を染めなければならないほど、彼らの生活は逼迫《ひっぱく》していないだろう。

「狙いは、金や宝石なんて単純《たんじゅん》なものじゃないのかもな」

「確かに、大きな勢力っていうなら、そんなものはたくさん持っていそうよね……」

金目当てではない。わざわざ貧《まず》しい北の方まで出向いて、彼らは何を求めている？

「そもそも、なぜ神殿が狙《ねら》われたのでしょうか」

カイルの言葉に、シェヘラとサディーンは顔を見合わせる。

「そりゃ、あたしと母さんしかいないって、相手も調べて入ってきたんじゃないかしら」

「シェヘラ殿の話では、すでに賊たちはどこぞの村を襲った後だった。他の賊に奪われる前にとっとと砂漠越えをして、バスコーにたどり着いた方がいいに決まっています。それにも関わらず、わざわざ田舎《いなか》の神殿に足を運んでいるのは不自然な気がして……。大量に盗めるものもありそうにない場所ですし」

「言われてみれば……そうよね」

下《した》っ端《ぱ》には知性のかけらもなかったが、神殿を襲った賊のリーダー格らしき男は状況の見極《みきわ》めができる人間だと感じた。考えなしにシェヘラを殺したり、拉致《らち》したりしようとしなかったからだ。

そんな男がわざわざ神殿へ強奪《ごうだつ》をしにやってくるだろうか。

三人で額をつきあわせて考えても、まるで案が浮かばない。

「そういえば、賊は宝のことを『献上品』だと言っていたわ」

「賊は、代理王権をアフガットが奪うようになってから増えたんだよな？」

金目当てでない略奪《りゃくだつ》。献上品。倒れた国王。代行者が立ち、賊だらけになった王都
――……。

「もし、賊の言うことと現状を結びつけて考えるなら、賊を差し向けているのは……」

現在のアラハバートで、実質上の支配者であるアフガット王子。

三人はそれぞれ彼の名前を思い浮かべた。

「あいつは俺が城にいた頃から古代の遺跡や文献《ぶんけん》をよく調べていた。魔法の存在を知ったのかもしれない」

「まさか、一国の王子が賊を使って魔法の道具を集めているっていうの？」

「どんな可能性も、否定はできない」

サディーンの言葉に、三人は黙った。現状、父のランプの手がかりは何もない。わずかな可能性も拾っていかなくては捜し物なんて到底《とうてい》無理だ。

「もし、アフガット王子がランプに関与《かんよ》しているとしたら……一筋縄《ひとすじなわ》ではいきませんよ」

カイルの言葉に、サディーンは下唇を噛《か》んだ。

来客を告げる少女の声に、サディーンは顔を上げた。既に夜は更け、テント村の中でも明かりがついているのはサディーンのいる中央のテントだけである。

「長、長に会いたいという方がいらっしゃっていて」

「ギルドの件についてか？　誰だ？」

「あの……ジャンヌ、という方が……」

サディーンは勢いよく立ち上がった。反動で椅子《いす》が倒れる。ただならぬ雰囲気に、少女は思わず後ずさる。

「夜中に悪かったな。戻って寝てろ」

サディーンは、来客の方に視線をよこした。女物のベールをかぶって隠しているつもりだろうが、間違いない。予想通りの顔に思わず頬《ほお》の筋肉がぴくぴくと吊《つ》り上がる。

「大型ギルドっていうからさぞかしいい生活をしていると思ったが、こんな場所じゃあたかが知れてるなぁ、シャフリヤール。いかにも不潔《ふけつ》、おーえっぷ」

「アラハバートの第二王子が何の用だ」

ぶっきらぼうにそう返すと、ラティーヤ・ジャンヌ・アラハバートはにやりと笑った。

気に入った子に、いたずらをする子どものような目で。

白銀の髪と金の瞳。サディーンと同じ特徴を持っても、ひとつ年上の異母兄と彼は全く似ていない。女の格好《かっこう》をすればそのまま女で通ってしまいそうな華奢《きゃしゃ》な体つきなのに、目つきだけはぎらぎらとしていて、ひどく危うげな感じがする。

「嫌だなぁ。やーっと兄上が城から出てくれたから、僕もお前に会いに来れたんだよ？　むしろ貴重な時間をお前のために割《さ》いたことを感謝してほしいくらいなんだけど」

「俺はお前に用はない」

「ランプ、ほしいんでしょ？」

サディーンは金色の瞳を大きく開いた。同じ色のラティーヤの瞳と、視線がぶつかり合う。

「図星《ずぼし》だ。面白いなぁ。ランプくらいギルドをやってたらいくらでも手に入るだろうに。よっぽどのいわくつきなのかい？」

「……何をしに来た」

「そうだね、僕も時間が惜《お》しい。だから単刀直入《たんとうちょくにゅう》に言わせてもらうよ。ランプをあげるから僕の配下につけ、シャフリヤール。父上はもうすぐくたばる。そしたらあの兄上もオシマイさ。王には、正しい者が立つ」

いかにも自分が正しいと言わんばかりの口ぶり。実際、ラティーヤはそう信じて疑ってなどいないだろう。

「マジッドをよこしたのにお前が首を縦《たて》に振らなかったようだからね、僕が直接来てあげたのさ。兄上に関する面白い情報も手に入れたことだしね？」

サディーンは黙って、ラティーヤの出方《でかた》を窺うことにした。

「兄上の賊との癒着《ゆちゃく》は、すべておかしな古道具のためだ。お前がほしがっているみたいなね」

――こいつ、どこまで知ってやがる？

サディーンは心の中で舌打ちをした。アフガットがシェヘラのランプの件に関わっているかもしれないというだけでも面倒なのに、この上ラティーヤまで介入したら事態はめちゃくちゃだ。

「古道具なんて集めて、あの人もいい加減《かげん》諦《あきら》めが悪いなぁ。おおかた、自分みたいな見た目の王を探しているんだろうけど、笑っちゃうよね。突然変異でも何でもない、あいつには王家の血なんか流れていないに決まっているさ」

「王族のことは王族同士で勝手にやってくれ。俺には関係ない」

「シャフリヤール。お前は間違いなく王の血統を受け継いでいる。ひとりだけ知らぬふりってわけにはいかないなぁ？　だってアラハバートの全知《ぜんち》はもう風前《ふうぜん》の灯火《ともしび》だからね」

アラハバートの全知、それは王の別称《べつしょう》だ。王の目はアラハバート国土のすべてを見通し、王の決定はアラハバート神の名において絶対である、という意味が込められている。

「アフガット以上に、お前は父上に固執《こしつ》していたろう。いいの？　このままじゃ王は死ぬ」

「だから何だって言うんだ？　王にとって俺は他人だ。もう俺はシャフリヤールじゃないし、そう呼ばれることもない。興味ないね」

「おー、嘘が下手《へた》ですこと」

サディーンは本気で苛立ちを覚え、ラティーヤを殴《なぐ》りつけてやりたくなった。

だがラティーヤはれっきとした王族で、王と血がつながっているといえどサディーンは平民の身だ。そんなことをしたらギルド自体潰《つぶ》されてしまう。

（それに、こいつはシェヘラのランプのありかを知っているかもしれない……）

今すぐにでも追い返したいが、うかつな行動をとるべきではない。

「ランプ、いらないの？　アフガットが手に入れる前に、僕に協力しておいた方がいいと思うけどなぁ」

「お前がランプを持っているという証拠《しょうこ》はどこにもない」

ラティーヤは唇《くちびる》を歪《ゆが》めて声もなく笑った。そして、握り締めていた拳を開いて、サディーンの前に突き出した。

「僕は詳《くわ》しくないんだけど、お前なら知っているんじゃないか？」

灰緑の、ころんとした石。古びたそれに、サディーンは見覚えがあった。シェヘラの持っていた魔法の望遠鏡に、同じものがくっついていた。

この時代にはもう存在しないはずの『失われた緑《ヴェルデ》』。

「ランプに付いてたから、外させてもらったんだよねぇ。ランプ自体は王宮にあるよ？　お前が来る気になればの話だけど」

ラティーヤは筒状《つつじょう》に丸めた紙を、サディーンに差し出す。そっと紐《ひも》を解くと、精巧《せいこう》に模写《もしゃ》されたランプの絵が顔を出した。

「本当の持ち主に見せてごらん？　たぶん間違いないと言うはずだから」

シェヘラは今、テントで眠っている。起こして確かめたい気がしたが、彼女を見られることに、サディーンは抵抗があった。

この様子だと、ラティーヤは古道具に魔法の力があると知らないのだろう。だが、気付くのも時間の問題だ。アフガットが魔法の力を知っているとするなら、ラティーヤ側に情報が届いていてもおかしくない。ラティーヤは今、アフガットの動向を必死で探っているはずだ。

もしラティーヤが、古代の宝に魔力が宿っていると、魔法の道具は使い手と一緒でなければ意味がないと知ったなら……おそらくシェヘラの身も危なくなる。

「時間だ。そろそろ兄上が城へ戻る。寝台から抜け出しているのがばれたらまずいんだよね」

「ラティーヤ」

「いい返事、聞かせてね。あと今度僕の名前を呼び捨てにしたら、マジッドに殺してもらうよ？　お前じゃなくて、お前の大事な人をね」

瞬間、サディーンの頭にはカイルやドライド、ニーダたち──そして何よりも、シェヘラザードの顔が浮かんだ。

「たくさんいるんだね？　殺しがいがありそう」

「やめろ……」

「いいこと考えた。お前が王宮を訪ねてこなければ、お前の大事な人、ひとりずつ殺していくから。そのつもりでね」

王族が罪のない民を殺すなど、許されることではない。

だが、この男はやると言ったらやるだろう……サディーンはラティーヤを睨みつけた。

適当な罪状をでっちあげて首をはねるくらい造作《ぞうさ》もない。闇討《やみう》ちではなく、人々の記憶に残るように、徹底的《てっていてき》に。

昔のことを思い出していた。

サディーンがまだ王宮にいた頃、ラティーヤが女官の顔をめちゃくちゃに傷つけたことがあった。ラティーヤよりも、アフガットのほうが出来《でき》がいいし、王にふさわしいと言っていたから、と。

このテントにいる人間をひとりひとり引きずり出して殺すくらい、この男にとっては何でもないことなのだ。子どもの遊びのように、それを行動に移してしまうのだ。

去ってゆくラティーヤの背中を、サディーンは悔《くや》しげに見つめた。

第四章　眠る王と冷たい塔

「出かけるってどこへ？」

シェヘラがサディーンに詰め寄ると、彼は「ちょっと、王宮の近くへ」と返事をしながら、花の茶に口をつけた。

「お父さまが、危ないって聞いて？」

「いや。用事があって」

「それ以外に用事って何。この間仕入れをしたばっかりなのに、おかしいじゃない。まさかランプ絡《がら》みのことじゃないわよね？」

目を合わせようとしないサディーンに、シェヘラは眉間《みけん》に皺《しわ》を寄せる。

「アフガット様のところにランプがあったの？　でももしそうなら、簡単《かんたん》に渡してなどくれないでしょう。あたしのために無茶《むちゃ》するのだけはやめて。それに王宮には、あなたを利用しようとしている第二王子だっている。危険《きけん》じゃない」

「これを見てほしい」

シェヘラの言葉を遮《さえぎ》って、サディーンは一枚の絵を取り出した。彼女はそれを見て驚愕《きょうがく》する。

「父さんの……ランプ……」

絵の中のランプは、大中小さまざまな玉石《ぎょくせき》が嵌《は》め込まれている。その石の形や位置が、まるでランプそのものみたいに完璧《かんぺき》に模写《もしゃ》されていた。取っ手の傷み具合《ぐあい》まで、鮮明《せんめい》すぎるほどの描写《びょうしゃ》だ。ランプを毎日こすっていたシェヘラですら、ここまでのものは描けない。

「これ、どこで……？」

「それが親父さんのランプってことで間違《まちが》いないんだな？」

「そうだけど」

「分かった。譲《ゆず》ってもらえるか分からないけど、ちょっと行ってくるよ」

「どこへ行くって言うの？」

「知り合いのところだ」

サディーンはシェヘラを振り切るように立ち上がり、荷袋に水筒《すいとう》や軽い食べ物を詰め始める。

考えながら、小型のナイフやロープまで。いくら何でも知り合いの家に行くのにその装《そう》備《び》はおかしい。

「ねえ、知り合いの家ってアフラ砂漠《さばく》の方じゃないんでしょう？　荷物多すぎじゃない？」

「まぁバスコーは物騒《ぶっそう》だから念《ねん》のためにな。お前はカイルと砂漠の手前で待っていてくれるか。何かあったら鷹《たか》で知らせるから」

「ランプに関係することなら、あたしを置いていかないで。これはあたしの問題なの」

シェヘラは、荷造《にづく》りをする彼の前に体を割り込ませた。

「あたし自身が解決しなければならない。サディーンひとりで行くっていうのはおかしいよ」

「大丈夫《だいじょうぶ》だ。アフガットのところじゃないから安心しろ。ただ相手は結構《けっこう》クセのある人間で、俺以外の奴《やつ》にはたぶんランプを見せてくれないと思うんだ。あまりどやどや大人数で押しかけて、相手のご機嫌《きげん》を損《そこ》ねたくもない。だからひとりで行くだけだ。俺だってギルドがあるんだ、無駄《むだ》に命を捨てたりしないさ」

「なら、いいんだけど……」

本当に、大丈夫なのかな。

サディーンは何でもないことのように笑うけれど、アフガット王子が魔法の力を求めているかもしれない以上、彼がひとりで危険に立ち向かってしまうのではないかと思われてならない。

「仲間をよろしく頼む」

サディーンはシェヘラの肩に軽く手を置いて、出て行った。

ギルドが不自然にどよめいたのは、サディーンがギルドを出てしばらくしてのことだった。

「申《もう》し訳《わけ》ございません、長《おさ》は今外出中です」

取次係《とりつぎがかり》の焦《あせ》りがテントごしに伝わってきて、港の地図を見ていたシェヘラは思わず顔を上げた。

「誰か、いらっしゃったの？」

入り口の布をめくり上げると、そこには思わぬ人物が立っていた。

夜のような黒髪と、黒い瞳。砂漠の地に似合《にあ》わぬ白い肌、そして身に纏《まと》ったのはシルクの王族衣装《いしょう》、お供《とも》に鷹の刻印《こくいん》をつけた武人を何人も引き連れている。

アフガット・ギン・アラハバート……！

シェヘラは思わず頭《こうべ》を垂《た》れた。王族の顔を直視することは不敬《ふけい》だとされている。首をはねられてもおかしくない。

なぜ、こんなところに王族が。

ギルドにいる誰しもが疑問に思ったことだろうが、あまりのことにシェヘラの視界は、急に暗転《あんてん》してしまったかのようだった。

（サディーンを迎《むか》えに来たの？　それとも、魔法の道具の存在をかぎつけて……!?）

こんな場所に第一王子がやってくる理由など、それくらいしか思い当たらない。

すぐにカイルがやってきて、アフガット王子の前に立て膝《ひざ》をついた。

「おもてなしが遅《おく》れまして申し訳ございません。長の代理をしております、カイルでございます」

「……兵士団長の息子か」

アフガット王子の声は、氷のように冷たかった。アラハバートの熱砂《ねっさ》が凍《こお》りついてしまいそうなほど、彼は感情のすべてをそいだように喋る。

この声で命令されたとしたら、何を言われても従いたくなってしまうだろう。本能がこの声の持ち主に逆《さか》らうのは危険だと察知《さっち》する。

シェヘラは肩を強張《こわば》らせたが、カイルはさすが王宮に出入りしていただけのことはあり、堂々《どうどう》と振《ふ》る舞《ま》っていた。

「はい。長の代わりに、アフガット王子のご用件を賜《たまわ》ります」

「お前では話にならぬ。長を出せ」

「あいにく、急な用事で出ております。戻りはいつになるのか分かりません。名代《みょうだい》の私にお伝えを」

アフガットはカイルを見下ろし、そして思い切り蹴《け》りつけた。

バランスを崩《くず》したカイルは地面に体を叩《たた》きつけられる。

「何するんですか⁉」

シェヘラはカイルに駆け寄って、彼を抱き起こした。唇を切っている。

不敬だの礼儀《れいぎ》だのを忘れ、彼女は真《ま》っ向《こう》からアフガットの顔を見てしまった。

髪も瞳も真っ黒で肌色も白いが、顎《あご》の輪郭《りんかく》だけはどことなく、サディーンにも似ているように見えた。この人、実は不義《ふぎ》の子でも何でもなくて、れっきとした王族なんじゃ……と、シェヘラは彼をまじまじと見つめる。

「お前だったのか」

「え……？」

「その瞳。魔人の血を引いているな」

アフガットの言葉に、シェヘラは動揺《どうよう》を隠《かく》すことができず、目を泳がせた。

（この人、魔人の存在を知っている……⁉）

アフガットは強引《ごういん》にシェヘラの腕を引き、立ち上がらせる。

「今すぐ神器《じんぎ》を持って私についてこい」

「神器……何の、お話ですか」

「とぼけても無駄《むだ》だ。闇市《やみいち》でお前が道具を手にした事は割れている。望遠鏡《ぼうえんきょう》は少なくともこの場所にある。絨毯《じゅうたん》に用はないが、林檎《りんご》はどこだ？」

「アフガットさま！　神器を見つけました！」

彼の取り巻きが、いつのまにかテントを調査していたようだ。シェヘラの荷物袋を抱え、こちらに走ってくる。

（どうして、闇市で道具を手に入れたことを知っているの……まさか）

アフガット王子は、魔法が存在することだけでなく、魔法の道具と共に使い手がいなければならないことも知っている。献上品をわざと闇市に流して、それを手にした者を調べ上げていたのだとしたら。

「手間《てま》が省《はぶ》けた。この女を貰《もら》い受ける」

「嫌だ、離して」

脇《わき》を武人たちに固められ、王宮へと続く街道へと連れて行かれそうになり、シェヘラは精一杯《せいいっぱい》抵抗した。

（あたしは今道具を使えない……！　ここで黙《だま》ってついて行って、あたしが役立たずだったらギルドに被害《ひがい》が及《およ》ぶかもしれない）

凄惨《せいさん》な過去の繰り返しだけは避《さ》けたい。かつて自分が見下ろした谷底の風景が頭をよぎって、シェヘラはかたかたと歯を鳴らした。

それがアフガットから直接与えられる恐怖によるものだと感じたのだろう。ニーダをはじめとするギルドの仲間たちは、武人たちにシェヘラを離すように抗議《こうぎ》し始めた。

アフガットがその様子を見るなり、不愉快《ふゆかい》そうに顔をしかめる。

「羽虫がうるさいようだ。次代のアラハバートの全知《ぜんち》に向かって、平民が物申すとはな。刑罰《けいばつ》に処《しよ》されても、文句《もんく》は言えないだろう」

「や、やめてください！」

自分を取り返そうとしたギルドの人たちが罪に問われるなど、あまりにも酷《ひど》い。アフガットはシェヘラの方へ視線を這《は》わせた。ぞっとする。何を期待するのも無駄と思わせるような、残酷《ざんこく》な光。

ここは、黙ってついていくしかない。少なくとも、自分が王城まで行けば時間が稼《かせ》げる。その間に、カイルが仲間を安全な場所へ逃がせるはずだ。

「……あなたについていきます。ですからギルドの人たちには何もしないでください。お願いします」

シェヘラが頭を下げると、ようやくアフガットは彼女から視線を逸らした。彼のそばについていた、ひときわ大きな武人に「ギルドの人間には手出しをするな」と伝えると、街道につながれていた馬にまたがる。

「お前、馬には乗れるか」

あまりにも上から話しかけられたので、一瞬、自分が訊かれているのか分からなかった。惚《ほう》けているシェヘラを、護衛《ごえい》の兵が小突《こづ》いてようやく「い、いいえ」と返事をする。

彼女を乱暴《らんぼう》に引っ張り上げると、アフガットは自分の鞍《くら》の前に乗せた。

「逃げられるのは面倒《めんどう》だ。お前は絨毯を持っているからな。私の前で少しでもおかしな真似をしてみろ。あのギルドの者たちがどうなるか……分かるな？」

王子の四方に屈強《くっきょう》な護衛たちがついた。獲物《えもの》を逃がさないようにするためには、確かにアフガット王子のそばにシェヘラを置くのが一番だ。どこにも隙などない。

もう魔法を使えないのでおかしな真似も何もなかったが、シェヘラは大人しく頷《うなず》いた。


大きく、三回。アラハバート王城の右棟《うとう》を、黒く強い翼《つばさ》を持った鷹が旋回《せんかい》した。

鷹はひらひらとはためく紗幕《しゃまく》を見つけると、開け放たれた窓辺《まどべ》で羽根を休め、鋭く鳴く。

鷹の足首に結ばれた手紙をほどいたのは、第二王子ラティーヤの腹心、巨漢《きょかん》のマジッドだった。

「おや、どういう心境《しんきょう》の変化かな。シャフリヤール王子がお見えになるそうで」

「お前より、僕の方が勧誘《かんゆう》が上手《うま》かったということだろう」

言いながら、ラティーヤはナイフを壁に向かって投げつけた。ずぶり、と音を立てて壁に固定していた古文書《こもんじょ》に穴が開く。

「それは失礼いたしました。こちらのお部屋に来ていただくということでよろしいですか？」

「うん、いいよ。そこのバルコニーをこそ泥のようによじ登って来いって、返事出しといて」

「畏《かしこ》まりました」

二発目のナイフも、同じく古文書に突き刺さる。しかしそれは中央ではなく、右端の方で刀身《とうしん》を揺らした。舌打ちをしたラティーヤは、寝台に背をあずけ足を投げ出す。

「マジッド。なぜシャフリヤールはあんなぼろいランプがほしいんだ？　しかもあのランプ、兄上も狙《ねら》っていたみたいじゃないか」

「そうですね。我々《われわれ》は解読できませんが、おそらくランプに刻《きざ》まれた文字に何か暗号《あんごう》が隠してあるのではないでしょうか？」

「古代アラハバート語を解読できる奴なんざ、今じゃうちの兄上と考古学者くらいのものだろう。この古文書も全部外《はず》れだ。しかし、解読できる学者はすべて兄上が押さえているからな……鑑定《かんてい》を命じることすらできないぞ」

ラティーヤの視線は、壁中に貼《は》り付けられた古文書の下――……元々は花瓶《かびん》が置いてあった飾《かざ》り台《だい》に、ちょこんと載せられた古ぼけたランプに注《そそ》がれていた。

これをマジッドが意気揚々《いきようよう》と持って帰ってきた日には、正直馬鹿《ばか》にされているのかと思った。

彼が、古代の宝を兄に貢《みつ》ごうとバスコーに上ってきた盗賊団をひとりで壊滅《かいめつ》させ、奪ってきた戦利品がこのランプひとつ。

さまざまな玉石の象眼《しょうがん》で、蓋《ふた》の周りには細かく古代アラハバート語の紋様《もんよう》が刻まれていた。古いとはいえ、装飾を考えるとまずまずの値段で取引ができるかもしれない。

だが、生まれながらにして王族のラティーヤは、もっと美しく煌《きら》びやかなものに囲まれて育っていた。こんなランプひとつ手渡されたところで、面白くも何ともない。

「なぁ。兄上が危険に手を染めてまで古道具を集めているのは、血統《けっとう》の正しさを証明すること以外にも目的があると思うんだよなぁ」

「そうですね……趣味《しゅみ》が高じたにしては、いささか度を越していますね」

「例えばさぁ。古道具に何か、すごく特別な力が宿っているとか……」

フルーツのようにナイフを盛り付けた壺《つぼ》から、ラティーヤは更《さら》に一本引き抜いた。

指先の照準《しょうじゅん》を、ランプに向ける。

このまま彼が手を離せば、ランプに傷くらいはつけられるかもしれない。

ラティーヤは軽く舌なめずりをして、その指先を離した。ナイフは風を切って飛んでゆく。

目の前のランプに向かってではなく――……大きく開け放たれた、窓に向かって。

「本当にこそ泥みたいに登ってきたんだ？　面白いね」

ラティーヤの投げたナイフを手の平に収めて、サディーンは部屋の中へ足を踏み入れる。刃先を握り締めた手から、つうと血が滴《したた》り落ちた。

「ランプはどこだ」

「そこ」

顎《あご》で示された場所には、古いランプが鎮座《ちんざ》していた。手渡された絵とそっくり同じその姿。

彼がランプに手を伸ばそうとすると——……刃の曲がった剣を背中に当てられた。マジッドが、サディーンの動きを完全に抑えている。

「簡単に渡すわけないだろう？　お前にはやってもらわなきゃならないことがあるんだからさ」

「……アフガットの失脚《しっきゃく》に関する手伝いか？」

「いかにも。簡単だよ、お前は僕の代わりにパレードに出てくればいいだけだ」

「パレード？」

マジッドが剣を離して、代わりに数枚の資料を突きつけた。

「アフガット王子が婚約者《こんやくしゃ》の姫君をベルシアまで迎え出る際、国をあげて大々的にパレードを行う予定です。記念式典ではラティーヤ王子がアフガット王子に、旅の無事《ぶじ》を祈《いの》る花を手渡します」

マジッドが渡したのはパレードの進行表だった。確かに、ラティーヤが直接ベルシア行きの船上でアフガットに言葉を贈《おく》る旨《むね》が綴《つづ》られている。

「なぜわざわざ代役を俺に頼む」

「お前が不吉の王子だからに決まってるだろ？　めでたいはずの婚礼パレードに水を差すにはお前みたいな幽霊《ゆうれい》が打ってつけなんだよ」

確かに、シャフリヤール王子は表向き死んだことになっているのだから、いきなり登場すれば人々の混乱《こんらん》は必至《ひっし》である。

「アフガットへの嫌がらせのためだけに、俺を使おうっていうのか」

「そうじゃないよ。兄上が結婚しちゃえば、兄上の後《うし》ろにあのベルシアが付くことになる。そしたらもう僕に王位を奪うチャンスは永久になくなるんだ」

ベルシアは現国王が親交のために花嫁をめとった国だ。二代続けて婚姻関係を結ぶことで、アフガットはベルシア側からの強力な後押しを得ようとしている。

「このまま兄上が結婚してベルシアを味方につけてみろ。バスコーだけじゃなく、アラハバート全土が兄上の思うままだ。国民だって今のバスコーを見ればそれを望まないはずだ。お前はパレードに出席して、時間を稼げ。僕はその間に、賊《ぞく》の方をどうにかするからさ」

「どうにかって、どうするんだ」

「兄上がアラハバートの大地を離れた瞬間に、国軍の指揮権《しきけん》が継承《けいしょう》第二位の僕に移行するんだよ。持てる力のすべてを使ってあいつらを一斉検挙《いっせいけんきょ》する。けど、移行の瞬間は兄上が船に乗り込んだときなんだよね」

パレードに出席すると同時に国軍を指揮するのは難《むずか》しい。けれどアフガットがベルシアに着いてしまったら、婚姻が成立してしまい、もうラティーヤは手も足も出せなくなる。

「だから代役が必要なわけ。お前だって父上の血が流れてるし、何より不吉の王子だからね。お前以上にうってつけの人材はいないさ。もし兄上が結婚して国王になったら、アラハバートはこのまま賊だらけのひどい国になるかもしれない。そうなったら一番迷惑するのはお前たち底辺《ていへん》の、庶民だろ。お前の商売にだって影響《えいきょう》出るんじゃないの？」

ラティーヤはサディーンの左胸に指先をあてた。ラティーヤに少し押されたくらいでよろめくようなやわな体ではないが、それでも嫌悪感《けんおかん》で体がびりびりする。

（パレードの代役だって？　こいつがそのためだけにわざわざ俺を呼び出すとは思えない。何かもっと、別のことをたくらんでいるはずだ）

ラティーヤの瞳の中にただならぬ光が宿っている。

「どのみち、お前に断ることなんてできないだろう？　仲間の命がかかっているんだからね」

ラティーヤはくすくす笑って寝台の上に立つ。

「お前が僕の言うことを聞くならランプもやる。仲間も見逃《みのが》してやる。悪い条件《じょうけん》じゃない、むしろうまくいけば僕にもお前にも利がある。僕の配下につけ、シャフリヤール」

「その名は捨てた」

「僕のそばにいる時だけは、シャフリヤールを名乗れ。追われた第三王子が表舞台に立つことで初めて、この計画は成功するんだ」

不服《ふふく》そうな顔で、サディーンはラティーヤを見た。

だが、仲間の命を天秤《てんびん》にかけたら、彼の意思など些細《ささい》なものだ。

「約束は、守るんだな」

「アラハバートの神々に誓《ちか》って」

サディーンは押し殺した気持ちを表すように強く拳を握って、忠誠《ちゅうせい》の立て膝をついた。


「……どこまで、行くんですか」

磨《みが》き抜かれた床を踏みしめるコツ、コツという音だけが、アフガットとシェヘラの間に響いていた。

王城の中に入るのは、勿論《もちろん》初めてだ。魔法の道具を没収《ぼっしゅう》され、シェヘラは丸腰の上に粗末な神子の衣装をまとって、居心地が悪かった。ここで働く女官や掃除夫ですら、シェヘラよりも小綺麗な格好をしている。

アフガットはシェヘラの質問に答えない。彼の背中からは殺気に近い冷気が漂っていた。だんだん、召使いの数が減ってゆく。ずいぶん城の奥深くまでやってきたことに気が付いて、シェヘラは無意識に服の袖を握り締めていた。

誰もやってこない場所まで連れて行かれて——……殺されるんじゃないだろうか。

彼女は頭をぶんぶん振って、恐ろしい想像を打ち消す。殺すなら、わざわざ城の中まで連れてくることなどない。

アフガットはやがて、見上げるほどの大きな扉の前で足を止めた。アラハバート建国期の絵文字が刻まれている。

「……魔人たちの宴だ」

シェヘラの呟きに、アフガットは反応した。

「知っているのか。さすが神殿の神子……いや、魔人の血を引く者だからか」

現在のアラハバート人は絵文字を読むことができない。アフラ砂漠ができる前に普及《ふきゆう》していた文字だと言われているが、確かな証拠もなく古い建物や書物に残されている謎《なぞ》の言語として扱われている。解読できるのはほんの一部の学者だけだ。

シェヘラの場合は、父親が教えてくれた。彼女の父はアフラ砂漠ができる前からこの地にいるのだから、当然のように絵文字を読むことができたのだ。

戸の前で警備にあたっていた男ふたりは、姿勢よく礼をしてその扉を開けた。

歴代の王たちが過ごした場所。本来なら、王族の血を引く者以外の出入りは禁止されているその場所に、シェヘラは初めて血族と世話係以外の人物として、足を踏み入れた。

見たこともないような贅《ぜい》を凝《こ》らした大きな寝台に、うっすらと透ける紗幕が揺れている。敷かれた絨毯は砂のついた履物《はきもの》で踏むには躊躇《ちゅうちょ》するほどの立派《りっぱ》なもので、シェヘラはアフガットに促《うなが》されるままおそるおそる足をつけた。

「お前の荷物は運ばせておいた」

寝台の脇に、丸められた絨毯と、林檎と望遠鏡の入った荷袋が放置されていた。

「王の病気を治してもらいたい。お前は、その神器の使い手だろう」

「アラハバート、王の……」

アフガットが紗幕をめくり上げると、そこには壮年《そうねん》の男が眠っていた。

(この人が、サディーンのお父さん……)

顔色はよくないが、一見《いっけん》すると本当に深い眠りについているだけのようだ。

「ただただ眠り続ける奇病《きびょう》だ。だがこれにかかった者は、ほどなくして命を落とす。治《ち》療《りょう》法は解明されていない。……それこそ、魔法でもかけない限り、目覚めることはないだろう」

袋から林檎を取り出し、アフガットはシェヘラに押し付ける。

思わず受け取ってしまったものの――……彼女はそのまだらの瞳を困惑《こんわく》の色に変え、おろおろとアフガットと王の顔を交互《こうご》に見た。

「あの……あたし、魔法使えないんです」

「嘘をつくな。その瞳、紛《まぎ》れもなく魔人のものだろう」

「そうなんです、けど。ある日突然魔力を失ってしまって」

顎《あご》に手を当てられ、強引《ごういん》に上を向かされる。シェヘラは微動《びどう》だにできなかった。

「嘘をつくなら、容赦《ようしゃ》はしない。お前も、ギルドの人間も――……」

「本当です。嘘なんてついていません。あなたの言うことを聞くしかない立場なのに、嘘なんてつけるわけがありません」

シェヘラは怯《ひる》まずに、言い返した。怖かったけれど、自分はサディーンにギルドの仲間を頼むと言われたのだ。

ギルドの人たちに、不当な手出しは絶対にさせない。

彼女の強い意志を感じたのか、アフガットは彼女の顎から手を離した。そしてマントの下に隠し持っていたものを取り出し、つうと指を滑らせる。

「ジルータス。この女の言っていることは真実か？」

彼の呼びかけに、もくもくと足元から煙が立ち昇った。

見覚えのある現象だ。ランプから解放された父が近くにいると、このような煙が足元を通り過ぎてゆくのだ。

だが、煙の色が違う。シェヘラの父、魔人フーガノーガの煙は深い緑。今、シェヘラとアフガットの周りに発生した煙の色は薄い紫《むらさき》だ。

ぼんっ！

弾《はじ》けるような音がして、シェヘラは思わず片目をつむった。

「ふむ」

煙が晴れてゆく。シェヘラは口から飛び出しそうになった悲鳴《ひめい》を、右手で押さえ込んだ。唇《くちびる》が耳元まで裂《さ》けた、女の魔人がこちらをじろじろと覗《のぞ》き込んでいた。

「こいつ、フーガノーガの血を引いているね。だが驚くほどに魔力が死んでいる。こりゃただの人間と変わらない」

（父さん以外の魔人なんて、初めて見た……！）

その見た目は、愛嬌《あいきよう》のある父親の姿とは違い、おどろおどろしいものだった。

「小娘。お前は魔力に見捨てられたとみた。三つの道具はお前に使われることを拒否《きよひ》し、次の持ち主のために沈黙《ちんもく》している状態だ。とっとと父親の居場所を吐《は》きな」

「次の、持ち主……？」

「その神器はもともと、魔人フーガノーガのものだよ。譲り受けたお前が力をなくしたものだから、道具自体がただの器になっちまってる。現在の所有権は、元の持ち主であるフーガノーガにあるはずだ。他の道具はともかく、とっととあいつの手に戻さないと林檎は腐《くさ》るぞ」

魔力に、見捨てられた？　元は父さんの道具？　所有権？　沈黙？　林檎が腐る？

わけが分からない、と言った顔でシェヘラは少しだけ唇を開いた。だが何の言葉も出すことができなかった。

「あたくしたちが自由に地上を謳歌《おうか》していたときはね、半魔人なんてたくさんいたんだよ。けどね、あんたくらいの年齢になると不思議と魔力を失ってしまう奴が後を絶たなくてね」

「どうして、ですか……」

「あたくしたち生粋《きっすい》の魔人と違って、半魔人が人の心を持っているからかもしれないねぇ。大人になると同時に、ただの人間になっちまう。根本的《こんぽんてき》なことが分かっていないからさ」

どういうこと……？　父さんはそんなこと、何も言っていなかったのに。

魔法に好かれるか嫌われるか、それはお前自身の生き方が決めることだ。昔、父はシェヘラにそう言った。

これは、あたしの生き方が招いた結果だというの……？

「お前の父親はどこにいる」

アフガットに尋ねられ、シェヘラは震える声で答える。

「分からないです……盗賊に、攫《さら》われてしまったから」

今度はジルータスが、シェヘラの周りをぐるりと一回転した。

「はぁ？　あいつが人間の盗賊ごときにしてやられるものか。未《いま》だに封印《ふういん》のランプを寝床《ねどこ》にしているってんなら、話は別だが」

「その、寝床ごと奪われたの」

シェヘラの言葉に、部屋の煙が勢いよく噴《ふ》き出した。ジルータスがこらえきれない様子で笑っている。煙の噴出《ふんしゅつ》からみるに、どうやら彼女のツボを突いてしまったようだ。

「あいつ、まだあの悪い癖《くせ》が治らないのか。はー、それでランプごと。アフガットの坊《ぼっ》ちゃん、お前のやり方が仇《あだ》になったな。十中八九、お前が神器を集めさせたからこうなった」

「うるさい」

「あたしも父を捜しているんです。アフガット様のところに、父のランプはないんでしょうか？」

「……私が持っているのは、ジルータスのランプだけだ」

シェヘラは自分の手の平の、林檎に視線を移した。

シェヘラが魔法を使えなくなったお陰でただの林檎になってしまったそれは、ジルータスの話によると、放っておけば普通の林檎と同じように腐ってゆくのだという。

もしそうなったら、アラハバート王を助けられない。それに、ニーダみたいな人がまた目の前に現れたとしても、助けることはできない……。

「とにかく、ランプを捜させるしかないな。この娘が力をなくしているなら、魔人を召《しょう》喚《かん》するしかない」

今、サディーンもランプを捜して動いている。彼は知り合いの家に手がかりがあると、テントを出たのだ。

だがこれをアフガットに言うべきだろうが。ランプを捜索《そうさく》してくれるのはありがたいが、シェヘラはアフガットに協力することが正しいことなのかわからない。

ニーダのときは、つい助けてしまったけれど……。助けられた人間も、その周囲の人間も、運命が捻《ね》じ曲げられてしまう。

極端な話、シェヘラが林檎の能力をすべての人に使い続けたとしたなら、老衰《ろうすい》でもない限り人は死なない。無限に魔力があればアラハバート中、いや世界中の人間を生かし続けることだって可能なのだ。

「父のランプが見つかったからといって、父がアラハバート王の病気を治すことはお約束できません」

シェヘラは迷った末に、サディーンのことを隠してそれだけ言った。

彼は王族に近づくことを避《さ》けている。サディーンが父親との確執《かくしつ》を解決させないまま、もし王が死んでしまったら、きっと遺恨《いこん》が残るだろう。

それが嫌だから、できればシェヘラは王にもう少し生きていてほしかった。サディーンともう一度、面と向かって話してほしい。

だがこれはシェヘラひとりのわがままに過ぎない。王を生かすことで、アフガット王子やラティーヤ王子、城に仕える者だけでなく国民の未来すらも変えてしまうかもしれない。

(やっぱりこの問題は、父さんに判断してもらうのが一番なのかも。あたしが、魔法を使えなくて逆によかったんだわ……)

本当に？　あたしは本当に、そう思っているの？

自分の考えを、自分で否定するような問いが、彼女の思考を駆け巡る。

「どのみち、この女は神器の使い手ではないということか。では父上を助ける手はずもない」

すらり、と刃が鞘《さや》とこすれる冷たい音がした。首筋に突きつけられた鋭い感覚に、シェヘラは思わず身を縮《ちぢ》こませる。

「王の病気は外の者に知られるわけにいかない」

「あたしを……殺す気ですか？」

アフガット王子にしてみれば、魔法の使えないシェヘラに用はない。あとは魔人フーガノーガを捜し出せばいいのだ。

「いや、万が一力が戻る可能性も考え、お前を殺すことはしない。だが、ここから出すことも許さない。お前がギルドに戻ることは金輪際《こんりんざい》、ないと思え」

「そんな」

「口答えする気か？」

自分の命は彼の手の内にある。下手な行動をとれば、本当に殺されかねない。ギルドの人たちだって危ない。

シェヘラが口をつぐんだのを見計らい、アフガットは自ら彼女の手を引いて、王の間を出た。

長い回廊《かいろう》には、人っ子ひとり見当たらない。ただアフガットと自分の靴音《くつおと》が響くだけだ。

「ひとつだけ、聞いてもいいですか」

アフガットがじろりと一瞥《いちべつ》をよこす。シェヘラはそれを了解《りょうかい》の合図《あいず》と解釈《かいしゃく》し、話を続けた。

「魔法の力を手に入れて、国王を治し、そしてあなたはどうするつもりなんですか？」

「決まっている。私が王になるだけだ」

「国王が健在なら、あなたの即位はまだ先のはずです」

「……今回のことで、理解した。私は非常に微妙《びみょう》な立場に立たされている。だからこそ次に王が目覚めたとき、すぐに王位を継ぎ盤石《ばんじゃく》な体制を整えておきたい。そのために、神器が必要だ」

強く腕を引っ張られ、シェヘラは小さく悲鳴を上げた。握り締められた手首が赤くひりついている。

「魔法が、必要……？」

「アフラ砂漠が出現する前、アラハバートには精霊や魔人のたぐいと、人間が共存《きょうぞん》していた。これはおとぎ話でも何でもない、真実だ」

アフガットも魔人をそばに置いていた。神話が真実だと知る、数少ない人間のひとりだ。

「そうなると、不自然なことがある。この世は力の強い者が支配する、弱肉強食《じゃくにくきょうしょく》の世界だ。お前は、人間が魔人に勝《まさ》る強い力を持っていると思うか？」

「……いいえ」

人間が魔人と争ったら、間違《まちが》いなく人間は負ける。

魔人の使う魔法はでたらめに強い。どんな不可能も可能にしてしまう神秘の力を持っている。

「この国はとっくに魔人の国になっていてもおかしくはなかった。ならばなぜ、千年にわたる人間の支配が可能になったのか……、それは魔人たちが人間と同じ感覚を持たなかったからだ、と私は結論づけた」

「感覚……？」

「欲望、羨望《せんぼう》、嫉妬《しっと》、そんなものだ。他人の上に立ち、支配してやろうという気持ちが彼らの中にはまるでない。だから彼らは、人間と戦うのではなく、共存するという選択肢をとった。時に人を助け、過ちがあれば正し、権力に執着もしなかった。彼らは人間とは根本的に違う生き物だ」

むやみやたらと魔法を使ってはいけない。シェヘラはそう言った父のことを思い出した。魔人の力があれば、シェヘラや友人を追いつめた村人を懲《こ》らしめることができたはずだ。でも父はそれをしなかった。人と共に、平等に生きられるように常に気を配っていた。たとえ自分が、ランプの中に身を隠していなければならなかったとしても。

「アフラ砂漠の始まりに関する言い伝えを知っているか？」

「いいえ……」

「魔人が味方についていると調子に乗った人間たちが、それぞれ自分勝手に行動し始め、勤勉《きんべん》に働くことも自然の恵《めぐ》みに感謝することもしなくなった。それに怒りを感じた魔人たちが、実り豊かだったアラハバートの地をすべて砂に変え、自分たちはその地下に潜《もぐ》ったという伝承《でんしょう》だ。あの広大な砂漠の下は、豊かな魔人の国へとつながっているらしい。人はけして、行くことはできないがな」

父さんは、そんなこと一言も言っていなかった。

でも、その伝承が本当だとしたら。今ほとんど魔人を見ないことも、アフラ砂漠発生以前の文献《ぶんけん》があまり残っていないことも頷ける。

「私は、魔人を従え王になる。かつてのアラハバート人のような失敗は起こさない。血統に関する下衆《げす》な勘《かん》ぐりなどのために、王座は渡さない。魔人を従え、王の血を正統に受け継ぐ私こそがアラハバートの全知《ぜんち》だ」

いつのまにか、寂《さび》れた塔《とう》の前についていた。

「王家の罪人《ざいにん》を入れておくための牢《ろう》だ。今は使われていない。悪いが、父親が見つかるまでお前をここに閉じこめさせてもらう。神器は没収《ぼっしゅう》し、日に三度食事を運ばせる」

静かで長い階段を、シェヘラは上らされた。

最上階、小さな格子窓《こうしまど》が付いた部屋の前に立つと、アフガットに肩を押されてつんのめった。

「塔には見張りをつける。お前がよけいな真似《まね》をしなければ、ギルドの人間に手出しはしない」

ぎぃぃぃ……と立て付けの悪い扉が閉まる、嫌な音がした。


雨が降っている。

とても珍《めずら》しい。シェヘラは、抱えた膝《ひざ》にうずめていた顔を上げて、雨が落ちてゆく音を聞いていた。

どれくらい時間が経ったのかは、食事の回数で分かる。ここに来てから六回ご飯を食べているから、今は二日目の昼だ。

サディーンは心配しているだろうか。カイルやニーダはひどい目に遭《あ》わなかっただろうか。

何よりも……とシェヘラは自らの手の平を、ぼんやりと眺めた。

あたしは、魔法に嫌われたのだろうか。

魔法の道具の持ち主ではないと言われ、実際に使うこともできない。このままでは林檎が腐ってしまうのに。

(父さんへ道具を戻したら……無事に丸く収まるのよね)

深く溜め息をついて、部屋を見渡す。石造りの粗末《そまつ》な塔の部屋には、申し訳ばかりの家具しか置いてなかった。薄い敷物の上に腰を下ろすと、お尻《しり》が痛くなる。

「もし、魔法が使えたら……あたしはどうしたのかな」

独《ひと》り言《ごと》も、今なら雨音《あまおと》にかき消される。

「国王を助けたかしら？　でもそのあと、きっとアフガット王子に利用されることになるわよね。彼は魔人の力を欲《ほっ》しているんだもの……」

シェヘラの魔法など、魔人たちのそれから比《くら》べれば弱いものだが、それでも人外《じんがい》の力であることは間違いない。魔人の力でのし上がろうとするアフガットにしてみたら、手に入れたいと思うだろう。

「彼のような人のために、魔法を使っちゃだめだって、きっと父さんは言うはず」

シェヘラは、ごろんと敷物の上に横になった。

正しさの指標《しひょう》はいつも父の考えだった。父のいない今、シェヘラはひとりで考えなくてはならない。

もし魔力が使えたとして。あたしはどうしたらいいんだろう？

「国王は助けてもいいと思う。国王が倒れる前のバスコーは、治安がよかったみたいだし。サディーンとも一度話してみてほしいし。アフガット王子は唯一《ゆいいつ》魔人のことを理解している人物なのに、何か間違っている気がする。全面的に協力するのは、危険そう」

じゃあ、誰のために魔法を使う？

シェヘラは天井《てんじょう》に向けて手の平をかかげた。

「他人のために魔法を使っても、誰かがそのとばっちりを受けることになる……。自分のためだけに魔法を使うことは論外《ろんがい》。じゃあ、魔法なんてなくてもいいんじゃないの？」

そう。もともと人間は魔法に頼らなくたって生きていける。自らの手で大地を耕《たがや》し、海に出て魚をとって、世の中を回していける。サディーンのギルドみたいに。

「じゃあ、魔人たちは何で魔法を使って王を助けたのかな？　砂漠の中に潜ってしまったのは何でなんだろう……」

権力に興味がない魔人が人のそばにいた。それはたぶん、魔人が人に興味があったからだと思う。

人の営《いとな》み、生き方、そういうものに彼らは惹《ひ》かれた。限りある生を強くたくましく生きるその姿に。

きっと千年前の魔人たちは、「誰かのために」なんて押し付けがましく魔法を使ったりしなかった。

シェヘラはそっと目を閉じる。まぶたの裏に浮かび上がったのは、王の間に彫《ほ》られた魔人たちの宴《うたげ》。神話の一部を切り取ったかのように精巧《せいこう》だった。王座の周りを、大勢の魔人たちが取り囲み、酒宴《しゅえん》を開いている様子を描いたものだ。

昔は、それが当たり前だったんだ……。

魔人たちは、力を使うことを迷わなかったのだろうか。

「シェヘラザード」

うとうとしかけたところで、誰かに呼ばれた。

「シェヘラザード。俺だ」

聞き覚えのある声に、完全に覚醒《かくせい》したシェヘラは飛び起きる。

なぜ。どうして。どうやってこんな場所に。そんな疑問がぐるぐると頭を駆け巡るが、今は考えるよりも先に、足を動かさなくては。

「サディーン」

慌てすぎて足をもつれさせながら、シェヘラは固い扉の前にすがりついた。

「どうしてあたしがここにいるって分かったの？　見張りはどうしたの？　あなたはどうやってここまで来たの？　父さんのランプの手がかりは？」

「落ち着け。ひとつひとつ喋《しゃべ》る。扉を壊《こわ》して助けてやりたいところだが、すぐには無理だ。アフガットに気付かれる前に、どうしてもやらなきゃならないことがある」

シェヘラは唇を噛んだ。サディーンはかなり無理してここまで来たに違いない。いつもの飄々《ひょうひょう》とした口調《くちょう》が乱れて、声の出し方から焦《あせ》りの感情が読み取れた。

「まず、見張りはとある人物の協力で今だけ外《はず》している。どうやってここまで来たかは、話せば長いので省略《しょうりゃく》。お前の親父のランプは、俺の目の届くところにある。だがすぐには手に入らないんだ、すまない」

言葉をひとつひとつ切るようにサディーンはそう言った。

「とある人物……って？」

サディーンはしばしの間沈黙《ちんもく》していたが、やがて意を決したように口を動かした。

「マジッドだ。俺は今、ラティーヤの元にいる」

シェヘラは、自分のおなかのあたりから、すうっと血の気《ち け》が引いてゆくのを感じた。

サディーンがラティーヤの元にいる。あれだけ嫌がっていた第二王子のそばに。

「もしかして、父さんのランプ、第二王子が持っているの？」

そうとしか考えられなかった。

闇市に出入りしているマジッドなら、もしランプが出品されれば一番早く見つけることができただろう。サディーンがそれをほしがっていると知って、彼を利用するために競り落としていたとしたら？

望遠鏡はただの道具だった。でもランプは違う、シェヘラの家族だ。

彼が自分の気持ちを抑えつけ、ギルドを後にしたとしても、おかしくはない。

「……そうだ。でももうすぐ返してもらえるから」

やっぱり。シェヘラは扉を叩《たた》く。

「どうして、サディーンがあたしのためにそこまでしなきゃいけないのよ。王族と関わり合いたくなんてないんでしょう？　王位継承権の争《あらそ》いも、不参加でいたいんでしょう？なら何であたしに言ってくれないの」

「ラティーヤの取引条件は、俺だ。俺があいつに協力することで、シェヘラの親父は助かるんだ。お前に話したとしても、俺の選択は変わらない」

「それでも、サディーンが自分を犠牲《ぎせい》にすることはない」

「ラティーヤがお前に利用価値を見いだしたらどうなる。俺は、それが一番怖い。それにお前は今魔法が使えない。王宮へ上がって、誰にも見つからないようにあいつからランプを奪うなんて無謀《むぼう》すぎる」

望遠鏡でランプの正確な隠し場所を見つけることもできなければ、魔法の絨毯に乗って強引に乗り込むこともできない。怪我《けが》をしたって林檎の癒《いや》しは届かない。

そんなシェヘラが、護衛《ごえい》の付いている王子からランプを取り返すなんて、どう考えても無謀としか言いようがなかった。

おまけにシェヘラは魔人の娘だ。魔法の道具の本当の価値を知ったなら、ラティーヤは自分を手元に置こうとするかもしれない。

誰も傷つけたくなかったのに、サディーンをこんなところまで巻き込んでしまった。

何もかもままならない。どうしていいのか分からない。

ようやく気が付いた。

あたしは魔法に嫌われている。当然だ。自分で何が正しいのか考えることもできないのに、魔法を操《あやつ》れるわけがないのだ。

魔法を使うのが怖くて、魔人の血を引いていても中途半端《ちゅうとはんぱ》な魔法しか使えなくて、人でもなければ魔人でもない。いつまでもどっちつかずで、そんな自分から目を背《そむ》けていた。

あたしは魔法が使いたいの？　それとも人の子どもになりたいの？

ううん、そんなことが大事なんじゃない。本当はもっと……。

「お前が大事で、守りたいから俺はここにいる。俺が勝手にやったことで、お前が自分を責める必要はない」

「あたしだって……大事な人を、守りたいよ」

大事なものを守りたい。そのために、強くなりたい。

強くなるなら自分の足で立たなくては。守られるだけの自分は、もう嫌なのだ。

サディーンが一生懸命《いっしょうけんめい》になってくれるのは嬉しい。でも、それに甘んじてまた自分のことから逃げれば、同じことの繰り返しだ。

「下。見られるか？」

しばらくしてから、サディーンががさがさと音を立てた。

「下？」

シェヘラは足元に視線を移す。扉の隙間《すきま》から、真《ま》っ赤《か》な柘榴《ざくろ》の花が滑《すべ》り込んでいた。

「これ……」

「悪かった。お前の意志も考えず、俺は勝手に動いたな。ここをぶっ壊して出るにはまだちょっと準備が必要なんだ。だが、必ず助け出す。それまで待っていてくれ」

「サディーン」

「俺はお前を信じてる。だから手助けをする。シェヘラはきっと立てるよ。自分が思うほど、お前は弱い人間じゃない」

足音が遠ざかっていく。時間がやってきたのだろう。

シェヘラは花を拾い上げて、胸の前にあてた。赤い柘榴は、この陰気な部屋に不釣《ふつ》り合いなほど色鮮《あざ》やかだった。

「お別れは済みましたか？」

塔の入り口では、鷹の刻印《こくいん》をつけた官人《かんじん》――マジッドが腕を組んで待っていた。サディーンは黙って塔を離れる。

彼がシャフリヤールになると決めた途端《とたん》、彼はわざとらしく敬語《けいご》を使い始めた。サディーンに「役目を忘れるな」とでも言うように。

「なぜアフガット王子はあの娘を連れてきたんです？　特別なランプと関係があるのでしょうか？」

ラティーヤ側は、魔法の存在を知らない。アフガットが彼女を魔法の道具の使い手として連行したと知ったらどういう事態になるか――。

「あいつは神殿の神子《みこ》だ。自分が蒐集《しゅうしゅう》した宝の解読に、あいつの持っている知識が必要だったんだろう」

「それでは閉じこめる意味は？　強引《ごういん》に監禁《かんきん》してまで得なければならない知識。これはもう趣味《しゅみ》の範囲《はんい》を越えていると判断できる」

この男相手に、ごまかしはきかない。だが言うわけにも……。

後ろから、本来ここに付くはずだった見張りが鎧《よろい》を揺らす音が聞こえる。そろそろ偽《にせ》の交代命令も限界だ。マジッドは「まぁいいです」髭《ひげ》を歪《ゆが》めた。

「あなたはラティーヤ王子の忠実な僕《しもべ》になる。そのときにでもまたゆっくり聞かせていただきますよ」

マジッドが主棟へ戻ってゆく。サディーンはひとまず肩で大きく息をした。


マジッドがラティーヤの元へ戻る途中、食事を載せた盆《ぼん》を運ぶ女官《にょかん》とすれ違った。王の間に仕える、若い女官だった。身を包む官服の色は紫。この色の官服を着る者は城の組織からでなく王直々に命令を下される者だ。つまり現在は、王の代行であるアフガットに直接仕えていることになる。

こんな場所に食事を運ぶのはどう考えても不自然だった。しかも一膳《いちぜん》だけ、いったいどこに……。そこまで考えたマジッドは、わざと足を投げ出し、女官を転ばせた。

「きゃ……」

「すまない。怪我はないか？」

ラティーヤの側近である彼は、王宮内でも顔が売れている。途端に女官は表情をなくした。

当たりだ、とマジッドは女官を助け起こす。ラティーヤの耳に入れたくない何かを、この女は知っている。

「膳を散らばしてしまったな。代わりを給仕の者に持ってこさせようか？」

「いえ、私が手配いたします」

「ずいぶん少ない食事なんだな。塔の人物はこれで満足できるのか？」

カマをかけたのだが、床に落ちたグラスに手をかけた女官の手がぴたりと止まった。すかさずそこにもう一手《いって》を打つ。

「すまない。大臣から塔の客人のことを聞いてね。ギルドから女性をひとり、連れてきたというから……もしかして例の人物なのではと」

女官の顔は、みるみる青ざめてゆく。

あの塔に入っているのは、確か闇市でシャフリヤール王子に同行していた少女のはずだ。珍しい目をしていた。赤と緑のまだらの瞳に、真っ白い肌だったと記憶している。人間とはこんな色味も出せるのかと思ったほどだ。印象《いんしょう》に残っている。

シャフリヤール王子のそばにつき、アフガット王子に囚われる。その外見以上の価値が、彼女にあるとみて間違いないだろう。

「もし何かあの者の世話で困っていることがあれば、私に言うといい。アフガット王子はしばらくベルシアへ行ってしまうだろうから。丁重《ていちょう》に扱わなければならない人なんだろう？」

女官の手は震えていた。いよいよ、おかしい。少女の世話にそこまで恐怖を覚えることがあるのだろうか？

女官は、ようやく絞《しぼ》り出すように声を上げた。

「アフガット様は、お気付きになっていないのです。国王を目覚めさせるために、あのような得体《えたい》の知れない娘を王宮に入れるなど」

「どういう意味だ？」

「私が国王の部屋に入ろうとしたとき……あの娘とアフガット様が……話している内容を少しだけ、聞いてしまったのです」

女官は決まった刻限《こくげん》に眠っている王の世話をする。扉に手をかけようとしたとき、アフガット王子の話し声が聞こえたので思いとどまったのだ。

魔人。魔法。国王を目覚めさせる。常識では信じられないようなことを真剣《しんけん》に、王子と少女は口にしていたのだという。

「アフガット様は、ご心痛のあまりとうとうおかしな詐欺師《さぎし》にひっかかってしまったのですわ。あの瞳も、気味《きみ》が悪くて恐ろしい……。普通の女の子のように見せているけれど、王子をたぶらかすくらいですから、何か悪いものに違いありません」

女はそこまで喋って、ふと口元を手で押さえた。喋りすぎたと思ったのだろう。だが、もう遅い。

「ありがとう。食事は私が運ぼう」

マジットが手刀《しゅとう》を叩き込むと、女官はその場に崩《くず》れ落ちた。

食事を運びにきたのは、いつもの女官じゃなかった。

ずうんと大きな図体《ずうたい》、そして記憶にある顔だった。

「あなた……ラティーヤ王子の」

闇市でシェヘラの望遠鏡を競《せ》り落とした男だ。

アフガットに閉じ込められたはずなのに、ラティーヤの側近《そっきん》がここにいること自体おかしなことだ。シェヘラは本能的に彼から距離を取る。

「大丈夫だ。乱暴はしない。あなたの利用価値を考えればそんなことをするべきではない。アフガット王子が欲し、シャフリヤール王子が守ろうとするあなたの力を見せていただきたい」

「そんなもの、ないわ。そんな力があったらとっくにこんな場所から逃げ出しているわよ」

「なるほど」

男の背中には、身の丈ほどの大剣が背負われていた。こんなに狭《せま》い場所で使うには適していないはずだが、それでもそれを抜いてシェヘラを仕留《しと》めることなど造作《ぞうさ》もないはずだ。

「シャフリヤール王子とランプは私たちの元にあります。あなたはここから出るべきだ。そうではありませんか？」

「父さんのランプを、返してもらえるの……？」

「あなたがアフガット王子の脅威《きょうい》になりうるのならば」

「残念《ざんねん》ながら、ならないわ。あたしはただの小娘でしかない」

「先ほど、女官から面白《おもしろ》いことを聞きました。まさかあなたは魔法を使えるとでも？」

この男、どこまで知っているんだろう。

シェヘラは見極《みきわ》めようと目をこらしたが、あいにく暗がりの中で男の表情の変化は感じ取れなかった。

「まあいい。来てもらいましょう」

この男と共に行くことで、少なくともこの場所から出ることはできる。アフガット王子がランプを手に入れる前にラティーヤ王子からランプを奪うことができればいいのだが……。サディーンと共にうまく逃げることができるだろうか。

「替《か》え玉《だま》を用意します。アフガット王子が直接ここに来ることは？」

「ありません。食事を運ぶ女官くらい」

「けっこう。女官ごとすり替えます」

気がかりは、三つの道具すべてをアフガットが持っていることだ。悪用されることはないと思うが、アフガットも魔人を従えていたのでどうなるか分からない。

（この男に、道具のことを話すべきじゃないわね）

サディーンは今、どうしてるんだろう。まだ生き生きと咲く柘榴の花を眺めながら、ふとそう思った。

「終わった。面白いくらい吐いた。バカみたいな話を」

ラティーヤがあくびをしながら、執務室《しつむしつ》――……という名の〝取調室〟から出てきた。シルクの衣装《いしょう》には焦《こ》げ跡《あと》や血痕《けっこん》が散っている。血は、彼のものではないだろう。

「女官に乱暴な真似をするのはいかがなものかと」

「五体満足だよ、一応は」

自分がやればよかったとマジッドは後悔《こうかい》した。女官を取り調べるために連れ帰ってきたのだが、それを見たラティーヤは自ら尋問すると言って聞かなかったのだ。

「何でも、魔人が本当に存在して、人外の力が使えるとか何とかで、アフガットはその話にご執心《しゅうしん》らしい。で、塔にいた女が魔人の子で、どんな病気も治す魔法の林檎の使い手なんだとさ！　笑えるよなホント」

執務室で気を失った女を、楽な格好《かっこう》にして寝かせた。この女官はでたらめを言ったのだろうか？　だが、こんな状態になってまで嘘がつけるのか……？

「魔法の林檎か～。本当にそんなものがあるなら、父上の病気も一発で治っちゃうよね？何しても無駄《むだ》だったんだから、未知の力に頼りたくなるのも分かるけど……あいつがそこまでおかしくなってたとは思わなかった。玩具《おもちゃ》を手に入れるために、国中の賊に命令して略奪《りゃくだつ》して、あげくの果てに下賤《げせん》の女まで監禁《かんきん》するってどう考えても頭おかしいだろ」

「アフガット王子が、気が触れたという噂は聞きませんが」

「そうなんだよなぁ」

ラティーヤは向かい部屋の扉を眺めた。そこにはマジッドが連れてきた、まだらの瞳の少女がつながれている。逃げ出さないように足枷《あしかせ》をしたのだが、そこまでしなければならないほど危険な存在には思えなかった。

「私が思うに、魔法というのは隠語《いんご》か何かで、あの娘が万能薬《ばんのうやく》の知識を習得しているのではないかと」

「何にせよ、アフガットとシャフリヤールをゆする道具としては十分だろう。時に、準備はできているか？　アフガットのベルシア入りは？」

「三日後です」

「式典に、あの女を連れて行く。魔法なんてものは信じちゃいないが、女が兄上にとって重要であることは間違いないからな。何かのときに、役立つかもしれない」

ラティーヤはにたりと笑った。

運命の日まで、あと三日。

第五章　二人の王子とアラハバートの魔法使い

アフガット王子のベルシア入りのため、港には巨大な船が停まっていた。王子を乗せてベルシアへ旅立つ予定の船には、三百人以上の召使《めしつかい》や船乗りが随行し、国をあげてのお祭り騒《さわ》ぎとなった。花や食べ物が配《くば》られ、バスコー全体が浮《う》き足立っている。

しかし、街のにぎやかさに比例するように、不穏《ふおん》な火種《ひだね》もあちこちでくすぶっていた。祭りに乗じて、賊絡《ぞくがら》みのトラブルが多発している。警吏《けいり》の手も追いつかないほどだ。

カイルは、サディーンの髪を櫛《くし》で梳《す》きながら溜《た》め息《いき》をついた。

「罠《わな》ですよ。間違《まちが》いなく」

パレードの控《ひか》え室で、サディーンは純白《じゅんぱく》の王族衣装《いしょう》に身を包んでいた。これから先、一生身に着けることはないと思っていたものだ。

「ギルドを頼むな」

「勝手《かって》に頼まないでください」

「お前は、放り出せる男じゃない。付き合いのいい奴だからな、何だかんだ言って」

ずるいとは思う。こんなことを言うなんて。

カイルが後ろ髪を束《たば》ねると同時に、サディーンは顔を上げた。

「付き合いがいいのと、あなたの都合《つごう》で動くのとは違います」

「時間だ。悪かったな、急に呼びつけたりして」

最後にどうしても、カイルには会っておきたかった。

遺言《ゆいごん》じみたことを言うのは許《ゆる》してくれないとは思うが、ずっと共《とも》に生きてきた仲間の顔を見たらほっとした。たとえそれがものすごい形相《ぎょうそう》でこちらを睨《にら》んでいる顔でも。

呼び出しの声と共に立ち上がる。

（あのラティーヤが、俺を代役にするだけで満足《まんぞく》するとは思えない。カイルの言うとおり、これは罠だ）

しかし、自分が行かなければ大切な人を失うことになる。

もう引き返すことはできない戦場に、自分は足を踏み入れたのだ。

サディーンは薄物をかぶって、先導に続いた。

本来この役目はラティーヤのものだ。ごくわずかな人間しかこの入れ替わりを知らない。

もちろん、送られる側《がわ》のアフガット本人でさえも。

白い花のシャワーとアーチをくぐって、一歩一歩進む。

舞姫《まいひめ》たちの祝《いわ》いの踊《おど》りの中を、サディーンは歩き続ける。近くの見物人は、ラティーヤの背格好《せかっこう》がいつもと違うことに既《すで》に気が付いていたようだ。

用意された足場を上って、船上に姿を現したとき、アフガットは驚愕《きょうがく》の目線をサディーンに向けた。

風でうすぎぬが飛んでゆく。顔を隠すものが完全に海の彼方《かなた》に消えてしまうと、アフガットだけでなく船上で祝いの言葉を述《の》べていた大臣たちもいっせいに彼に注目《ちゅうもく》した。

「……なぜお前がいる、シャフリヤール」

死んだはずの王子の登場に、その場は混乱《こんらん》に包まれた。


サディーンが船上に上ったのとほぼ時を同じくして。

古い宝を貢《みつ》ぎに王宮へ出入りしていた賊を国軍が捕らえ、広場で晒《さら》し者《もの》にしていた。

ラティーヤは軍に命じ次々と賊を粛清《しゅくせい》していった。

もともとマジッドの諜報《ちょうほう》活動によって、賊の所在は割れていた。今まで看過《かんか》してきた国軍が突然刃を向けたことに、賊たちは混乱状態にあった。

「あの王子は、俺たちが邪魔《じゃま》になったに違いない。裏切《うらぎ》りやがった!」

わあわあと好きなだけ騒がせてから、始末《しまつ》する。それがラティーヤのやり方だった。

「ほら、アフガット王子の命令でお前らを始末するってちゃんと大声で宣伝《せんでん》してね、国軍の皆さん。これ本来は君たちの仕事なんだから、サボったぶんちゃんと働いてよ」

逆上《ぎゃくじょう》した賊が港へ向かうのを、わざと泳がせる。興奮《こうふん》したならず者が人の多いパレードで暴れたらどうなるのかぐらい、分からないはずはないのに。

強制的に連行されてきたシェヘラは、マジッドにがっちりと押さえられ身動きひとつとれなかった。

「あなたは一体、何を考えているのですか」

おかしいことを言ったつもりはないのに、ラティーヤの目は笑っていた。

こわい。アフガット王子も恐ろしいと思った。だがこの王子は別の意味で恐怖を感じる。たとえるなら、アフガットは刃物だ。鋭くとがった分かりやすい形を持っていて、触れれば傷つくと、頭で理解できる。

だが対してラティーヤは、水に溶ける毒《どく》のような男だった。一見《いっけん》それが、自分の命を脅《おびや》かすものだと分からない。でも気づいたときにはもう遅い。そのとき、毒は全身をまわっているのだ。

「何って？　もちろん、腐《くさ》ったこの国をいい方向に導《みちび》いてるんだよ。父上の代わりにね」

「あなたがしていることは、みんなを混乱させているだけにしか見えない……」

「それはね。君の目がおかしいからだよ。変な色だし、潰《つぶ》してやろうか」

シェヘラの肩が強張《こわば》る。ラティーヤはそれを見て、大げさに笑った。

「嫌だなぁ、冗談《じょうだん》だよ。ここで遊んでも、面白《おもしろ》くないもんね。何でか知らないけど、僕の兄弟はみんな君が好きみたいだからさ。楽しみはみんなで仲よく、共有《きょうゆう》しないとね」

――この人、本気だ……。

人なつっこくて面倒見《めんどうみ》のいいサディーンとは似ても似つかない。何がこの気まぐれな王子の逆鱗《げきりん》に触れるか、分かったものではない。

「ラティーヤさま。ご命令通り、アフラ砂漠《さばく》へつながる道はすべて封鎖《ふうさ》し、賊の船には火を放ちました。港へ流れる以外に、奴《やつ》らの逃げ場はありません」

マジッドの報告に満足そうに頷《うなず》くと、ラティーヤは腰《こし》を上げた。

「それじゃ、行こうか。そろそろ港に不吉の王子が現れている頃だ。役者はすべて揃《そろ》った。……思ったよりも早く、君と遊んであげられそうだよ」


死んだはずの第三王子の登場に、めでたいはずの場は凍《こお》り付いていた。

「お前が雇った賊を、すみやかに追い出せ、アフガット」

「何の話か全く見当《けんとう》がつかない」

「証拠《しょうこ》となる書状がある」

シャフリヤール。これはマジッドが手に入れてきた闇市の買収に関する契約書だ。それと、城の宝物庫の記録。意図的に改ざんされていたよ。兄上が代行についてからね。これを突きつけたら、お前の役目はもうおしまい。簡単《かんたん》だろ？

そう言って手渡された書状の中身を、サディーンはその場で確認した。おそらくアフガットは、闇市や賊を手中に収めるために国の財に手を付けたのだろう。

（仲間が無事ならそれが真実かどうかはどうでもいい。問題は、ラティーヤがどの段階で仕掛けてくるかだ）

シェヘラザードや仲間たちが危険な目に遭《あ》うことだけは避《さ》けたい。

広げた巻物《まきもの》の先が、突然燃え上がった。

（巻物に細工《さいく》……!?　俺が確認したときにはそんなものなかったはずなのに）

突然の発火《はっか》騒ぎに、大臣たちは悲鳴《ひめい》を上げる。同時に港から賊たちがなだれ込んだ。

「そうか。お前も玉座《ぎょくざ》を欲していたか」

すらりと、アフガットが腰に差していた剣を抜く。

「次代の全知《ぜんち》を陥《おとしい》れようとした罪、万死《ばんし》に値《あたい》する」

アフガットの船に向かっていっせいに賊が乗り込んでくる。サディーンが後ずさろうとしても、後ろには賊、前には刃を構えるアフガットがいて、逃げ場はなかった。

サディーンは自分の装備を確かめる。腰に剣は差してあるが、儀式用の模造刀《もぞうとう》だ。

（しかも、これを構えたら完全に俺は逆賊扱いか……。ラティーヤめ、俺とアフガットの両方を始末する気だったな）

アフガットが斬りかかってくる。彼の剣術は師匠《ししょう》を凌《しの》ぐとも言われたほどの腕だ。とっさに模造刀で受けるより他になく、サディーンの不利《ふり》な戦いは始まった。

ラティーヤはシェヘラザードとマジットを連れて、港の真向かいにある建物の上に移動していた。

ここからは、船上の様子がよく見える。

「作戦どおりでしたね。突然の粛清《しゆくせい》に逆上した賊がアフガット様の船を奪《うば》って海へ逃げ出そうとする。こうやってみると、すべて不吉王の配下に見えるのだから面白い」

「奴らの船をひとつ残らず燃やしておいて正解だったな。あとは適当《てきとう》なところで僕が国軍を船に突入《とつにゆう》させて全員とっ捕まえればオシマイだ」

港で暴《あば》れ回る男たちによる、市民への被害《ひがい》が多発している。しかしラティーヤはそこへ国軍の力を割《さ》くつもりはないようで、待機《たいき》命令を出していた。

「サディーンを、どうするつもりなの」

シェヘラが声を絞り出すと、ラティーヤがマジッドに何かをささやいた。マジッドは頷くと、背負《せお》っていた弓矢を構え、矢を船上の方へ向ける。

「この騒ぎの中でアフガットが死んだら、どう見ても、シャフリヤールが殺したように見えるよね」

「何言って……」

「だからさぁ」

マジットの弓がぎりぎりと音を立てる。だめだ。指先を離してはいけない。

「僕は、アフガットが死んじゃったらシャフリヤールを捕まえて、兄の仇《かたき》を取らなくちゃいけなくなるってことさ」

「サディーンを、アフガット王子を、殺す気……？　実の兄弟でしょう？」

「僕にはね、最初から兄弟なんていらないんだよ。兄上もシャフリヤールもまとめていなくなっちゃえば、僕が王になれるんだからね」

「でも、サディーンはとっくに城を追い出されて」

「わかってないなぁ君。いくら『不吉のシャフリヤール』だからって、王の血が流れていることには変わらない。生きているだけで僕の脅威《きょうい》になりかねない。それに、謀反《むほん》を起こした不吉の王子を僕が倒したら、僕は正義の象徴《しょうちょう》になれるってわけ」

不吉の象徴を倒した王。その栄光を手に、王座を奪い取るつもりなのだ。

邪魔《じゃま》な兄弟を始末するついでに、自分を英雄に仕立てるべく画策《かくさく》した作戦。

（まさか、すべての罪をサディーンに着せて、処刑《しょけい》しようっていうの……！）

「だめ！」

シェヘラが止めるよりも早く――マジッドの指先が、離れた。

よろめきながら、シェヘラは船上の方を覗き込む。アフガット様、という叫《さけ》び声が耳に飛び込んできて、背筋が凍った。煙《けむり》の隙間《すきま》から、誰かが倒《たお》れているのが見えた。

「マジッドの弓の腕は確かなんだ。この位置からでも絶対に外さない。さあ、国軍を連れていくぞ。兄上の遺体《いたい》を拾いに行なくちゃね」

「そんな……」

「シャフリヤールが僕に逆《さか》らわないよう、君も連れて行くからね。たくさん歩かせて悪いけど、辛《つら》いようなら足ごとぶった斬《ぎ》って引きずってあげるから遠慮《えんりょ》せずに言ってね」

目の前が真っ暗になるようだった。全部、ラティーヤの思惑《おもわく》通りに進んでいる。このままじゃサディーンは殺されてしまうかもしれない。

国軍の突入と共に、ラティーヤは乗船した。賊が次々と縄《なわ》にかけられ、おびえた大臣たちは、船上の片隅《かたすみ》で手すりにつかまって震《ふる》え上がっていた。シェヘラはサディーンを視線で捜したが、見当たらない。

「ラティーヤ様」

マジッドが示した方向に目を向けると、シェヘラはあっと声を上げた。黒髪の青年が、甲板《かんぱん》で倒れている。

「兄上！」

ラティーヤが大げさに呼んで、アフガットに駆け寄った。彼を抱き起こし、揺すってみせる。

「そんな……兄上、しっかりしてください！」

ぞっとする。先ほど、自分の部下に兄を射掛けさせたくせに。

「僕に成《な》り代《か》わったシャフリヤールこそ、兄上の仇！　即刻《そっこく》見つけて捕縛《ほばく》しろ！」

ラティーヤが船上にいる国軍に命じる。

だが、彼らは一歩も動くことはなかった。

「おい、何をしている？　僕の命令が聞けないのか」

様子がおかしい。シェヘラは四方を見回す。船上にいる兵がひとりも、ラティーヤの命令が聞こえなかったかのように突っ立っているのだ。

こんなにたくさんの人がいるのに誰も口を開こうとしない。不気味《ぶきみ》な静寂《せいじゃく》だ。

「僕は兄上を手にかけた犯人《はんにん》を見つけろと言っているんだ！」

「――もう見つかっている。お前だ」

ラティーヤの腕の中から、はっきりとそう告げる声がした。

ラティーヤは目を見開く。倒れていたはずのアフガットは、黒い瞳をまっすぐにラティーヤの方へ向けていた。

「手の込んだことをしてくれたな。だが、陸を離れた時点でお前の負けだ」

「何で……生きてるの、兄上。マジッドの腕前は完璧《かんぺき》なはずで」

言い終わらないうちに、ラティーヤはアフガットに突き飛ばされ、駆けつけようとしたマジッドを得体《えたい》の知れない煙が押さえつけた。

（あの煙は……！）

シェヘラの予想通り、アフガットが腰に提げたランプから薄紫《うすむらさき》の煙が立ち昇っている。

「ああ、死んでいただろうな。ふつうの人間なら」

ぼんっ！　と激しい爆発音《ばくはつおん》と共に、口裂《くちさ》け魔人が姿を現した。

「ば、化け物……」

ラティーヤは尻餅《しりもち》をついて、煙と共にもくもくと立ち上がる魔人を見上げた。ジルータスは面白そうに、ラティーヤの周りをぐるんと一周する。

「おやまぁ。さっきの坊ちゃんとも似ているじゃないの。あの子にはかわいそうなことをしたねえ」

「……サディーンに、何をしたの！」

「小娘を連れ出したのはラティーヤか。面倒なことをしてくれる」

シェヘラが叫《さけ》ぶと、アフガットは大して興味もなさそうに呟いた。

「ジルータス。隠していたものを見せてやれ」

ジルータスが指をぐるりと回すと、そこに現れたのは……。

「サディーン！」

横たわる青年の肩には矢が深く突《つ》き刺《さ》さっていた。後から後からとめどなく血が流れて、ぐったりとしている。

「難病《なんびょう》を一瞬で治すことはできなくても、ジルータスは魔人だ。弓の狙いを瞬時に逸《そ》らしてこいつを盾《たて》にするくらいのことはできる」

「そんな……」

サディーンを抱えてうずくまるシェヘラをアフガットは一瞥《いちべつ》した。

「このままシャフリヤールは反逆罪《はんぎゃくざい》でラティーヤもろとも処刑《しょけい》する。その後はお前のランプを捜し出し、私のものにする。魔法の道具はこちらにある。お前はただ私に従《したが》っていろ。ランプが見つかるまでな」

ラティーヤはしばらく歯をがたがたと鳴らしていたが、やがて空気を割《さ》くように叫んだ。

「お前たち、何をしている！　国軍の指揮権は僕が握っているんだ！　僕を守れ！　兄上は奇術《きじゅつ》を使って僕を殺そうとしているんだぞ！」

ラティーヤがすごんでも、国軍の兵たちはひるまない。

「私が簡単に、国軍の全権を渡すと思ったか？　こうやってのこのこお前がやってくることくらい目に見えていた。国軍の指揮権はお前が船上に上がった瞬間、つまりアラハバートの陸《おか》から離れた瞬間に宰相に委任《いにん》される手はずになっている。私が城をあけた夜、緊急会議で決まったことだ」

途端、国軍全員の剣の切っ先が、ラティーヤの方へ向けられた。

「反逆罪だぞ！」

「そいつらは反逆などしていない。こいつらの指揮権は私を支持する宰相のものだ。私の命令を最優先にするようにと、下達してあるさ」

ラティーヤが甲板を這《は》うように進んで、煙に押し潰されるマジッドに手を伸ばす。

「僕を助けろマジッド！　この役立たず！」

「お前にしてはよく考えた猿芝居《さるしばい》だったな、ラティーヤ。シャフリヤールを引っ張り出して、あれだけ注目を集めれば、みな第三王子が生き延《の》びていたことに気が付くだろう。そうなればあいつの王籍《おうせき》が抹消《まっしょう》されたことも私の母の差し金と言い出す奴が出てくるだろうな。……だがそんなものは、些末《さまつ》なことだ」

「うるさい！　兄上は王に相応《ふさわ》しくない！」

「王位は父上が私に下したものだ」

「自分の正しさが自分で判断できないから、宝探しなんて始めたくせに……！」

空気が限界まで、ピンと張り詰める。

アフガットが剣を高く掲《かか》げて、シェヘラは思わず悲鳴を上げた。

だが次の瞬間、アフガットの腕に何か銀色の光が延びた。彼はそれを剣で弾く。

「何のつもりだ、シャフリヤール」

シェヘラは自分の腕の中にいるサディーンを見下ろした。いつの間にか目を開いて、自分の兄たちの方を見ている。サディーンが投げたらしい小さなナイフが、からんと落ちた。

ラティーヤには、傷ひとつついていない。

「さぁな……何となく、手が出ちまったんだよ」

アフガットは目をすがめた。

ラティーヤを国軍に任せ、つかつかとこちらに歩み寄ってくる。シェヘラはアフガットの前に立ちはだかった。

「やめて！　父親の命が危ないっていうのに、何で兄弟が争《あらそ》うのよ！　みんなで協力して国を治めればいい！」

「吐《は》き気《け》がするような綺麗事《きれいごと》を言うのはやめろ。王の椅子《いす》はひとつしかない」

アフガットの視線がサディーンに注《そそ》がれている。

（どうしたらいいの）

あたしはまた、大切な人を失うかもしれない。

サディーンを失って、父さんも取り戻せない。あたしはそうなるまで、ただここで突っ立っているの？

（あたしは助けられるのを待っているだけ？　サディーンは自分の力で戦ったのに）

冷たい谷底の光景が、頭をよぎる。

もうあんな思いをしたくない。誰も失いたくない。

大切なものをなくす痛みを、あたしは知っている。それを回避《かいひ》するためなら、何だってやってやる。

魔法の道具はここにはない。だけど、ここには自分の体がある。声がある。心がある。

「ランプと魔法の道具を返して」

シェヘラは、二人の王子を見据《みす》えた。

「あれはあなたたちのような人が持っているべきものじゃない」

アフガットが片方の眉《まゆ》を吊《つ》りあげた。

「あなたは言ったわね。魔人がアフラ砂漠に潜《もぐ》ったのは、人間に愛想《あいそう》を尽かしたからだって。自分は違うって。でもそう思っている時点で、ただの思い上がりなのよ。あたしから見ればあなたたちも、そういった人間と少しも違わない。傲慢《ごうまん》で、人を人とも思わない。魔人は人を愛していたのに、人間は人間を愛さない。だから嫌になったんだ」

バシン、と強い音が響いた。

シェヘラの頰《ほお》が熱をともなってじんじん揺れている。アフガットは容赦《ようしゃ》なく、シェヘラザードを殴《なぐ》った。

「魔人の娘だからと黙《だま》って聞いてやれば。普通の人間なら不敬罪《ふけいざい》で殺しているところだ」

「殺せばいい。魔法を使えないあたしに利用価値なんてない。でも忘れないで。あなたに付いている魔人だって、ただ契約《けいやく》のためにそばにいるだけ。あなたの魔人が大した力を持っていないのは、あなたを主人だと認めていないからよ」

魔人は権力に執着《しゅうちゃく》しない。欲を持たない、人とまったく違う生き物。

なら、なぜ魔人は人間のそばにいたのだろうか？

塔の中でシェヘラはずっと考えていた。魔人は人のそばにいることを捨て、やがてアフラ砂漠へ潜っていった。

でも、シェヘラの父は彼女の母親のそばにいる。魔人は、本当は人間が好きだった。

好きなものが自分たちの力を争って醜《みにく》くなっていくのが、見ていられなかったんだ。

そう。あたしの力と同じ。

本当は父さんみたいに、正しい魔法を使いたい。でも分からなくなって、自分を信じられなくなって、やがて隠すようになった。ただ人間として生きるには、あまりにも魔法に憧《あこが》れすぎた。

何のために魔法を使えばいいのか、魔法を使えばどうなってしまうのか、恐ろしくて賽《さい》を手の平から離せなかった。

いつまでも選択肢を握《にぎ》り締《し》めたまま。そうして、神殿で時を重ねてきた。

でも、今なら分かる。脅《おび》えていても、何も解決なんかしない。

あたしは昔の魔人じゃない。だから、自分を砂の下に隠すようなことはしない。

この地上に、守りたいものがあるから。

きつく拳《こぶし》を作る。

ずっと怖かったのは、魔法の力じゃない。それに振り回される、自分自身だ。

シェヘラザードの瞳が、夜闇の獣《けもの》のように光り始めた。周囲の人間は思わず彼女から距離をとる。

「アフガット様、あの女の目が……！」

「よせ。危害《きがい》を加えるな。あの女はどのみち何もできない。道具は私の元にある」

そうアフガットが答えた途端《とたん》。シェヘラの足元から、赤い煙が立ち昇った。

「ひいい……」

刃を向けながら、兵たちは後退する。シェヘラの煙は周囲を赤い蜃気楼《しんきろう》の中に閉じこめようとするかのように、その濃度《のうど》を増していった。

船は完全に、煙に包まれて孤立《こりつ》した。

シェヘラが一歩進むと、煙が重さを増す。ずんと圧力がかけられて、兵たちは膝をついてそれに耐《た》える。

（どうしちゃったの、あたし……、今までこんなこと、なかったのに！）

シェヘラが息を吐けば、さらに煙が増えていった。このままでは怪我《けが》をしているサディーンにまで負担《ふたん》がかかる。

「ジルータス……あの女は魔力を取り戻したのか」

剣で体重を支えながら、アフガットは魔人に尋《たず》ねる。

「魔力を取り戻したっていうより、魔人に近づいちまってるねぇ。今までよりも人間の要《よう》素《そ》が薄くなってる。自分でもうまく魔力を制御できないんだろうよ。どうなっちまうのか楽しみだね、けけっ」

「早くあの小娘をどうにかしろ！　お前は自由に動けるだろ！」

「あたくしは赤い煙の奴とは相性《あいしょう》が悪いんだけどねぇ……」

しぶしぶといった具合《ぐあい》にジルータスが紫の煙を針《はり》のように研《と》ぎ澄《す》まし、シェヘラの方へ向ける。ところがシェヘラの赤い煙は、ジルータスの攻撃をすべて溶かしてしまうのだ。

「無理だよ坊ちゃん。あの娘、もうすぐ自分を失ってしまいそうだ」

熱い。体が燃えて、心臓を焼き尽くしてしまいそうなほど。

（止まらない、止まってくれない！）

道具がないからだ。彼女の力を受け止めて、外につないでくれる役割を果たしていた三つの道具がないから、彼女の力は暴れたまま。

「嫌だ」

止まれ。止まれ。止まれ止まれ止まれ止まれ！

力を解放するのが怖い。腹の奥から、まだ湧き出ようとする大きな魔力が渦巻《うずま》いている。

（また、魔法で人を傷つけてしまう……！）

恐怖で、自分を見失いそうになる。

「……シェヘラザード」

足元で、サディーンのかすれた声がした。彼が空を指差して、シェヘラはその目を大きく開いた。

(サディーンの鷹《たか》……！)

彼の鷹が、くちばしに赤い花をくわえて飛んでいた。何にも縛《しば》られずに、のびのびと。煙のせいで、皆身動きが取れないはずなのに、どうして、と考えて気がついた。煙は船の上に停滞《ていたい》している。

(力を空へ、逃がしてしまえばいいんだ！)

できるか、わからない。こんな力の使い方をしたことはない。けれど彼女は空へ手を伸ばした。

「……怖れることはない。どんなことがあっても、俺はお前を支える。だから安心して、自分の力と向き合え、シェヘラザード」

サディーンはそう言って、笑ってみせた。

サディーンがいれば、絶対に大丈夫《だいじょうぶ》。

だからシェヘラは深く息を吸った。もう立ち止まらない。決めたんだ。あたしは、自分を遠ざけない。どんな自分も受け止める覚悟《かくご》をするって。

ありったけの力を、空に向けて伸ばした。

（上へ、飛んでいけ！）

轟音《ごうおん》と共に、力強い閃光《せんこう》が船を包んだ。船上から天へ、太くてまっすぐな赤い光の道が延びる。

ぐるぐると、船上の煙はシェヘラの意思に添《そ》って回転する。鷹がそっとくちばしから柘榴《ざくろ》の花を落とす。それは煙に巻き上げられ、花びらを散《ち》らし、空へ流れていった。

視界が晴《は》れてゆく。シェヘラは感じていた。ずっとそばにいてくれた彼女の魔法の道具、その存在のひとつを。

「絨毯《じゆうたん》！」

彼女の声は空気を伝って、場を揺らす。そしてアフガットの背後《はいご》——積まれた荷の一角が、生き物でも入っているかのようにがたがた揺れた。

「あなたに命じます。ほかの二つの道具と共に、あたしの元まで飛んで！」

突然大型の櫃《ひつ》が空を舞った。あの中に道具を隠して、アフガットはベルシアへ持ち込むつもりだったのだろう。

「何をしている、あの櫃を止めろ！」

兵士は腰を抜かして動けない。櫃は兵士たちをなぎ倒しながらシェヘラの元へ飛んできた。彼女が蓋を開けてやると、絨毯は感激を表すかのように大げさに体をねじって飛び回る。他の二つの道具も、それにつられて躍《おど》り出た。

シェヘラは手の平で拳を作って、握ったり、開いたりしながら自分の魔力が満ちているか確かめた。

「命の林檎《りんご》よ。サディーンの怪我を治してみせて」

シェヘラの命令にこたえ、林檎から雫《しずく》がこぼれ落ちる。それをサディーンの傷口にあてると、突き刺さった矢は抜け落ち、みるみる彼の傷がふさがっていった。

「サディーン、大丈夫⁉」

「何とかな。助かったよ、お前のおかげで」

サディーンが立ち上がり、兄ふたりに険しい目を向ける。

兵士は使えない。アフガットは顎をしゃくった。

「……ジルータス、あの小娘から神器《じんき》を奪い返せ」

ジルータスがやる気のない目でシェヘラザードを見ている。最初から、この魔人は大きな力を持っていなかった。嫌々アフガットに仕えているからだろう。

「お嬢《じょう》ちゃん、魔力の使い方を覚えたんだねぇ。いっそのこと魔人になっちまった方が楽だったんじゃないかい？　まぁ、こうやって強引に外に出されるのはたまったもんじゃないけどさ」

「……あなたは、外に出ていたいの？　それとも、ランプの中にいたい？」

魔人は道具じゃない。本来、人間の都合で命令したり、持ち運びしたりするべきではないのだ。

「とりあえず、この男と契約したくなかったのは確か」

「ジルータス、貴様《きさま》主人を裏切る気か！」

怒りにまかせて剣を振り下ろすが、当然魔人を斬れるはずもない。煙に向かって剣を突き刺すように、ジルータスの体はぐにゃりと曲がってまた元に戻る。

「……分かった。あたしはあなたが出ていきたいなら協力する」

「本当かね。でもどうする気だい？　とりあえずあたくしは、契約上あんたの絨毯を奪わなくちゃならない」

やりとりを見ていたサディーンは、にやりと笑った。

「あいつから、力ずくであの女魔人のランプを奪えばいいってことだろう」

「……そういうことになるわね」

ランプの主人が、ジルータスの主人だ。ならばランプの持ち主が変われば、ジルータスの主人も変わる。

サディーンが兵士の落とした剣を拾って、甲板を力強く蹴《け》った。アフガットとサディーンが交《まじ》える剣の火花が交錯《こうさく》する。

「私からランプを奪えると思ったか、シ、ャ、フ、リ、ヤ、ー、ル、の、分際で」

「それは、俺を完全に負かしてから言ってみな」

サディーンの動きはだんだん速くなる。対して、アフガットは追い込まれつつあった。

アフガットは型に忠実な戦い方をしたが、サディーンは足が出たり、間のとり方がばらばらだったりと、正確さに欠ける。ギルドで旅をしながら、盗賊相手に戦闘を繰り返していた彼は予想できる動きをしない。

徐々《じょじょ》にアフガットの集中力を殺《そ》いでゆく。

アフガットが、シェヘラの煙に足を取られた。その瞬間をサディーンは見逃《みのが》さなかった。キン、と鋭《するど》い音がして、ジルータスのランプは宙《ちゅう》を舞っていた。シェヘラはそれに手を伸ばす。

あと少しで届く。指先がランプに触れる前に、別の手がシェヘラからジルータスのランプを奪った。

「ラティーヤ王子……」

第二王子を押さえていた兵士たちは、シェヘラの人外の力に怯えていつの間にか退避《たいひ》していた。

ラティーヤはジルータスのランプを撫《な》で、それからけらけらと笑いだした。

「こんなものがあるなんて！　本当にバカだろお前たち！　神聖な王宮に、こんなまがい物の存在を持ち込もうとするなんてさ！」

「魔人は本当にいるわ。まがい物じゃない」

「ならなおさら、こいつらはこの地上にいるべきじゃない。こんな奴らが王位を狙《ねら》ってきたら、僕たち人間はどうなるんだ？　こいつらが欲を出してアラハバートを……いや、世界を手に入れようとしたら？　僕たちは絶対に敵《かな》わない」

「心外《しんがい》だね。あたくしたちは、そんなチンケなものなんか望んでいない」

「黙《だま》れ、化け物」

ラティーヤはジルータスを睨んだが、その肩は震えていた。

「マジッド。僕のランプを出せ」

「しかし、ラティーヤさま」

「いいから出せ」

マジッドはしぶしぶ懐《ふところ》からランプを取り出した。

失われた緑《ヴェルデ》の玉石《ぎょくせき》。間違いない、父さんのランプだ。

「この中にも、あんな化け物が入っているんだろ？　だったら」

何をするのか、察《さつ》しがついた。

剣を交えていたアフガットとサディーンも、思わずその手を止めた。ラティーヤは反動をつけて、二つのランプを思い切り――海へ投げ捨てた。

「やめて！」

ジルータスは霧《きり》のように消えてしまった。船から乗り出したシェヘラが見たのは、ぽちゃん、と音を立てて沈んでいった二つのランプ。

「これで、誰も化け物を利用して王位につくことはできない。僕の勝ちだ！」

狂《くる》ったように笑い続けるラティーヤの横で、シェヘラはへなへなと床に座り込んだ。

「嘘《うそ》でしょ……父さん……」

せっかく、見つけたと思ったのに。

たとえ望遠鏡を使ったとしても、海の中では正確な位置なんて分からない。

「シェヘラ！　あきらめるな！」

「サディーン……」

「やれるだけのことはやれ！」

そうだ。望遠鏡。だめもとでも、覗き込んでみる価値はある。

「小娘！　私が海をさらってランプを見つけてやる！　私のもとへ来い！」

ランプを奪われたアフガットは、すっかり動転《どうてん》していた。サディーンはそこにつけこむように剣戟《けんげき》を仕掛け、再び刃が火花を散らす。

だが、アフガットもそう簡単には倒れない。

「シャフリヤール。なめるなよ。お前はここで終わりだ」

大きな突きの構えを取られ、サディーンはひゅっと息を呑んだ。あれをまともに食らえば、ただでは済まない。

サディーンは先手を打った。速さで勝負に持ち込むしかない。

サディーンの攻撃は、アフガットの切っ先で逸らされる。

「どこを狙っている！」

「お前こそ、どこ見てるんだ？」

サディーンがアフガットにそう囁《ささや》いた次の瞬間。

アフガットは崩れ落ちた。前からサディーンの一撃、そして後ろからカイルのひと振り。

「……私が来なかったらどうするつもりだったんですか」

「鷹が教えてくれた。ずっと機会《きかい》を窺《うかが》っていてくれたんだな」

「まったく、びっくり奇術《きじゅつ》ショーの次は剣劇ですか……あなたといると、心臓がいくつあっても足りそうにない」

サディーンの仕掛けた攻撃は、アフガットに背後からカイルが迫っていることを悟《さと》らせないようにするための、渾身《こんしん》の空振りだ。

カイルの手刀により意識を手放したアフガットは、そっと甲板に寝かされた。

「第一王子を手にかけたとなれば、極刑はまぬがれませんよ。それで、そこの王子はどうするおつもりで？」

カイルが目配《めくば》せしたのは、尻餅をついてひとしきり笑い続けるラティーヤ王子だった。

計画の失敗、魔人の出現。何もかもが水の泡《あわ》になった。ああなってしまうのも無理はない。

「僕の勝ちだ、僕の勝ちだ。あんな化け物に、僕は負けない」

ぶつぶつと繰り返し続けるラティーヤを無視して、サディーンはシェヘラの方へ歩き出した。

「放っておけ。シェヘラの父親の救出が先だ」

マジッドがラティーヤを抱えて走り出す。この騒ぎの始末をどうつけるつもりなのだろうか。だが、それは王族同士でどうにかすればいい。

サディーンは剣を捨て、望遠鏡を覗き込むシェヘラの前にしゃがんだ。

「見えたか？」

「ええ……でも、深いみたい。どのあたりにあるのかやっぱり分からないわ。魚や海草が動いているのが見えるだけ」

「動いて、ということはやっぱり流されてますね」

シェヘラは船の端《はし》に足をかけ、水面を見つめた。

「おい、飛び込む気かよ？」

「ええ……でも待って。なんか、焦《こ》げ臭《くさ》くない？」

シェヘラの言葉に、ほかの二人は鼻を動かした。確かに何かが焦げるような臭いがする。

それから、耳をつんざくような爆発音。

「きゃっ……」

船体が、ずうんと揺れた。

「船の後部が、爆発しています！　このままだと沈《しず》みます」

「何でいきなり！」

シェヘラの脳裏にふと、ラティーヤを抱えるマジッドの顔が浮かんだ。

「第一王子や俺たちごと、始末することにしたってことかよ」

そうこうしている間にも、船は傾《かたむ》いて棚《たな》や積み荷が流れてくる。

よろめいたシェヘラは、魔法の道具と共に船から投げ出されそうになった。

「シェヘラザード！」

手を伸ばしたサディーンの背後に、巨大な帆柱《ほちゅう》が迫《せま》っていた。

「サディーン！　危ない！」

帆柱の残骸はサディーンの後頭部めがけて倒れた。シェヘラの隣《となり》を、目を閉じたサディーンが通り過ぎてゆく。

「サディーン！」

気を失ったサディーンは、船の外に投げ出された。

「絨毯、あたしを乗せて飛んで！　カイル、あなたも乗って」

「いえ、サディーンを助けるならあなたひとりの方が動きやすいでしょう。私はアフガット王子を連れて避難《ひなん》します。それより早くサディーンを」

「わかった、無理そうなら鷹をよこして。飛んで行く」

シェヘラは絨毯に飛び乗って、海原《うなばら》を駆けた。サディーンは沈んでしまったのか、とっくに見えなくなっている。鷹が強く鳴きながら、ぐるぐると一カ所を飛んでいた。

きっと、あそこにサディーンがいる。

「絨毯、あなた水の中はいける⁉」

絨毯はくいくいと頷く。今まで言うことを聞かなかったのが嘘みたいだ。シェヘラは絨毯の端っこをぎゅっと握りしめて、深く息を吸い込んだ。

「行って！　海の中まで！」

迷いなく、絨毯は海中へ飛び込んだ。

水が目に、鼻に、入り込んでくる。水圧で押し潰されそうになりながら、シェヘラは必《ひっ》死《し》で目をこじ開けた。絨毯はぐんぐん下へ潜ってゆく。

（どこなの、サディーン……！）

見つからない。見つけられないの？

シェヘラは首を振った。諦るものか。サディーンは生きていなくちゃ。ギルドの家族が彼を待ってる。そして、あたしも……彼に言わなきゃいけないこと、たくさんある。

腰に縛り付けた望遠鏡を握った。一度に二つの道具を使うなんて、したためしがない。

でも不思議《ふしぎ》と今ならできる気がした。力がみなぎっている。それが不揃いに暴れることなく、きちんと並んで順番を待っているみたいだ。

魔力をこめた望遠鏡の、玉石が強く光り出した。

(何……？)

光は束になって収束し、一点を曇《くも》りなく照らす。シェヘラが命令をしなくても、絨毯はそれに呼応《こおう》するように光の方向へ進み出した。

あとは息が続くかどうか。

素潜《すもぐ》りなんてしたことない。もう既に息は限界だった。案《あん》の定《じょう》、むせて口から大きな水泡を吐き出してしまう。

絨毯は困ったように止まったが、シェヘラは首を横に振った。サディーンはシェヘラより先に落ちた。ここで時間を食っては、彼の命だって危ない。

息が苦しい。体が冷たい。肺《はい》が、押し潰されそう。

三つの道具は心配そうに、シェヘラに寄り添う。その中でひときわ大きな輝きを放ったのは、同じく腰にくくりつけた丸い物体。

魔法の林檎だった。

シェヘラが魔力をこめていないにもかかわらず、林檎はヘタから輝く滴《しずく》を垂《た》らした。シェヘラは水に流されないように、あわててそれをつまみとる。

（魔法の道具が、あたしを助けてくれているみたい）

二つどころか、三つの道具を同時に。自分が魔法を使っているというよりも、道具が自分に力を貸してくれているような気がする。

滴を飲みこんで軽くなってゆく体。シェヘラはようやく、落ち着いて周辺を見回すことができた。

（そうか。あたしも今まで、道具を無理矢理使ってきたんだ。魔法の道具にだって意志があるのに。魔法の力は、自分の力だと思って使うものじゃなくて、力を借りるものだったんだ。根本的《こんぽんてき》なことをあたしは分かってなかったんだ……）

意志に反して強引《ごういん》にねじ伏《ふ》せようとすれば、道具は反発する。そんなことにも、気が付けなかったなんて。

望遠鏡の光は強くなり、絨毯が停止した。そこには、水草に搦《から》め捕《と》られた青年が、蒼白《そうはく》な顔で横たわっていた。

（サディーン！）

シェヘラは水草をちぎりとり、サディーンを絨毯に乗せた。水の中だから、力がなくても彼を抱えることができる。

そして彼の手が、何かを強く握り締めていることに気がついた。

ランプだ。シェヘラの父親と、ジルータスのふたつのランプ。

（まさか……落ちたときに、捜してくれていたの？）

サディーンは途中《とちゅう》で意識を取り戻したのかもしれない。だが、自分自身よりランプを優先した。

絨毯に促《うなが》され、シェヘラは飛び乗った。もう林檎の魔法も切れてしまう。再び息苦しさを感じて、シェヘラはサディーンをきつく抱きしめた。

この人を守り切るまで、気を失うわけにはいかない。

望遠鏡が帰り道を照らす。絨毯がものすごい速さで水面を目指して飛んでゆく。

くじけそうになる心を奮《ふる》い立たせて、シェヘラは目をこじ開けた。

（みんなを守りたいの。あなたたちに甘《あま》えることはしない、だから、あたしの魔力を吸って。力を貸してほしい）

もう魔力は尽《つ》きそうだ。だが、まだ。まだ外が見えない。

水が軽くなってゆく。周囲が太陽の光を反射して、宝石の中に閉じこめられたみたいに輝きだした。外だ。

ざばあ、と大きな音を立てて、シェヘラは空を飛んでいた。

二つのランプとサディーンをその腕に抱えたシェヘラを、絨毯は軽々と運んでいる。水平線の向こうが視界に飛び込んできた。

「あたし、やったの……？」

絨毯は頷いた。視界が涙でぼやけそうになるが、今はそれどころじゃない。

「サディーン、起きて」

シェヘラが頰を叩くが、彼は眉ひとつ動かさない。

「息、してない」

命の林檎を取り出すが、シェヘラの中に魔力はほとんど残っていない。ほんの小さな一滴、すぐにもかき消えてしまいそうなほどの滴を口に含《ふく》んで、シェヘラはサディーンの塗れた髪をかきあげた。

（体内に直接入れた方が、効《き》くはず）

シェヘラはその唇を、サディーンのそれに重ねた。息を吸って、それから光る滴をゆっくり彼の喉《のど》の奥へ落としてゆく。祈るように目をつむって、それから唇を離した。

絨毯がくいくいとシェヘラの服の裾《すそ》を引っ張った。彼女が抱き締めていたランプをついつい指している。

「あっ、てゆうか父さんを呼べば済んだことなんじゃ……！　わざわざ口移しなんてすること」

シェヘラはぐい、と突然引き寄せられて、言葉の続きを失った。

「いや、俺は千年前から生きているおっさんより、可愛《かわい》いお嬢さんのキスで目覚めたい」

「サディーン！　起きてたの!?」

「今起きた。あとお前がなかなか大胆《だいたん》で驚いた」

「う、うるさいな！　ほんとに、もう……心配したのよ。死人に林檎は効かないから、死んでしまっていたら、どうしようかと思って……」

安堵《あんど》のためか、涙声になってきた。

ほっと息をつくシェヘラの肩を、サディーンはさすった。人のぬくもりを与えてくれる。

「乗り越えたんだな。自分の魔法のこと」

「……うん」

魔法をまた、使えるようになった。しかも複数の魔法を一日に一度以上使ってる。

もうどっちつかずの自分ではない。シェヘラは正真正銘《しょうしんしょうめい》、このアラハバートに生きる魔法使いになった。

「魔法がどういうものか分かったから。人のためにでも、自分のためにでもなく、あたしは自分の信じるもののために魔法を使うよ。……第一王子にも、第二王子にも、たぶんサディーンのための魔法使いにもならない」

「それがいい。俺はこれ以上驚かされるのはごめんだ」

「……驚いてたんだ？」

知らなかった。ジルータスが出てきたときも、結構余裕そうに見えたんだけど。

「ま、一番驚いたのはお前からキスしてくれたことだけど？　結構高いぞ、俺の唇は」

「た、助けられておいて、お金まで取る気なの……！」

「食い逃げは許さんぞ。地上につき次第《しだい》取り立てだ」

「あなたの唇にそんな大層《たいそう》な価値があるとは思えな……あれ？」

突然、絨毯がぐらりと揺れた。

あ、まさか。

「魔力切れたかも……」

「は？」

もう限界です、と言わんばかりに絨毯はひとりでにぐるぐる巻きになった。投げ出されたシェヘラは、サディーンに抱きかかえられたまま海面へ落下してゆく。

「せっかく、海中から出られたのにーっ！」

シェヘラの叫び声は、激しい水しぶきの中にかき消された。

終章　流星群と宴の夜

ぶしん、と激《はげ》しいくしゃみ。これで七度目。

一緒《いっしょ》に落ちたサディーンはぴんぴんしているのに、なぜかシェヘラだけ風邪《かぜ》をひくという、ちょっと納得《なっとく》できない事態《じたい》に陥《おちい》っていた。

「自分の力で治せばいいのに」

ニーダが玉葱《たまねぎ》のスープをすくって、シェヘラの口元まで運んでくれる。

「ほんとーに命が危ない時にしか、使わないことにしたの。ずびっ」

ニーダのスープは、玉葱が甘《あま》くておいしかった。今度、料理を習おうかな。

「サディーンは、今頃《いまごろ》王宮よね。大丈夫《だいじょうぶ》かしら」

ニーダは心配そうな声を出した。

サディーンが王の第三子であることは、いつの間にかギルドの仲間中に伝わっていた。

船上で大暴《おおあば》れをして民衆《みんしゅう》の注目《ちゅうもく》を集めた第三王子が、自分たちのギルドの長《おさ》だったのだから、それはみんな驚《おどろ》いたのだという。

ドライドはこれをネタにさんざん宮廷陰謀劇を書きまくったらしいし（シャレにならない）、びしょ濡れのサディーンやシェヘラと共に現れたカイルを手伝って、ギルドはすっかり落ち着きをなくしていた。

「うん……サディーンなら、大丈夫だよ。きっとお父さんと対面できているはず」

シェヘラは、自《みずか》らの懐《ふところ》から真《ま》っ赤《か》に輝く林檎《りんご》を取り出した。

結局彼女は、アラハバート国王に力を使ったのだ。


金の玉座《ぎょくざ》に座り、首が折れそうなほどの巨大な王冠《おうかん》をかぶって、アラハバート国王はひざまずく青年を見下ろしていた。

「顔を上げろ。……サディーン」

この男にその名を呼ばれることに、ひどく違和感《いわかん》があった。だがサディーンは、ゆっくりと顔を上げた。

金色の瞳に、雪豹《ゆきひょう》のような髪。同じ性質を持つ、まったく別の男。

「アフガットとラティーヤが、いろいろとやらかしてくれたようだな。すべて私の不徳《ふとく》の致《いた》すところだ。許《ゆる》せ、と言っても簡単《かんたん》なことではないだろう。向こう五年間ギルドの活動を援助《えんじょ》し、褒美《ほうび》を与える」

事務的に、淡々《たんたん》とそう述《の》べる王を、サディーンは挑《いど》むように見上げていた。

「……他に何か、言うことはないのですか？」

「――久《ひさ》しいな」

それだけ呟《つぶや》くと、王はサディーンの顔を見ながら、その遥《はる》か向こうを見つめているような表情で首を傾けた。

たぶん、この男は俺に母さんを見ている。

母さんと一緒にいるとき、この男はいつもこういう顔をしていた。

「第一王子と、第二王子はこれからどうされるのでしょうか」

「責任はとらせる。二人ともだ」

結局、賊の件をはじめとするここ半年の現状は、すべて目覚めた王の耳に入った。アラハバート王の元に戻った国軍の手で海賊は駆逐《くちく》され、闇市への徹底的監査《てっていてきかんさ》が行われた。すべてが元通りになるには、おそらくもっと時間がかかるだろう。

だが、この男が目覚めたからには――ひどい事態には、おそらくならない。

サディーンは母を追い出した父親を軽蔑《けいべつ》した。だが、その嫌いようがひどくなったのは、軽蔑する前の父親が、彼の憧《あこが》れであったからだ。

私情をそぎ落とし、国民のために努力を惜《お》しまない王。それが現アラハバート国王だ。

王宮にいた頃、サディーンはどの兄よりも父親を慕《した》っていた。いつか父のように立派《りっぱ》な人になりたいと思っていたこともあった。

だからこそ許せなかった。王妃のために、自らの愛人と息子を無責任に追い出したことを。こんな男には絶対にならないと誓《ちか》って生きてきた。

ギルドを作って、家族を作った。その長として、父親とは正反対の自分になろうとしていた。

だが、もうこの男にこだわらない。俺は俺の道を、信じるべき道をたどって生きる。シェヘラザードがそうしたように、俺も自分を受け入れる。そしてここからまた歩きだすんだ。

「――病《や》み上がりのところ、失礼いたしました。では、ギルドの運営があるのでこれで」

王は頷いて、立ち上がった。サディーンは後ろの扉へ向かって歩き出していたが、ふと立ち止まり、振り返る。

「最後にひとつだけ、よろしいですか」

「何だ」

「……あなたは魔法を信じますか？」

王は、今度は彼にかつての妻を重ねることなく、サディーンの目を直視していた。まっすぐに自分という存在を見られているということ、彼は肌で感じ取っていた。

「必要のないものは信じぬ」

この男らしい答えだと思った。シェヘラザードの力で助けられながら、かといって固執《こしつ》しようとしない。

「お元気で」

サディーンの別れ際《ぎわ》の言葉に、王は意外そうな顔をしながら彼の背中を見送った。

カイルがシェヘラの母親を馬に乗せてバスコーにたどり着いたときには、とっぷりと日が暮《く》れていた。

馬の嘶《いなな》きが聞こえるなり、シェヘラは具合《ぐあい》が悪いことも忘れてテントから飛び出した。

「母さん……！」

「シェヘラザード！」

再会するなり抱き合って、シェヘラは母の温《ぬく》もりを確かめた。

「心配したのよ。大丈夫だったのね」

「心配かけてごめんなさい。父さんを目覚めさせるのは、母さんしかいないと思って」

「……あなたは、ランプの持ち主になる気はないのね？」

たくさん考えた。彼女がギルドに戻ってきてから考え抜いて、出した答えは。

「あたし、ここにいたいみたい」

風邪をひいたシェヘラの代わりに、カイルがイスプールまで馬を走らせてくれた。ニーダがスープを作ってくれた。ドライドは、退屈《たいくつ》しないようにたくさん物語を作ってくれた。

あたしはいつの間にか、すっかりこの場所に根を張っていたんだ。

「いい目になったわね、シェヘラ。母さんが神子《みこ》になるって決めたときもそうだった」

シェヘラから差し出されたランプを受け取ると、彼女の母はにっこり笑った。

「みなさんの前であの人を目覚めさせましょう。お世話になったんだもの。今更《いまさら》魔人に驚くような人たちでもないでしょう？」

「でも、いいの……？」

「あなたを受け入れてくれる人たちなんだもの。平気よ。さあ、長はどなた？」

子どもたちが、きゃっきゃと騒ぐ声が聞こえる。蛍国製の藍染《あいぞ》めの羽織《はおり》に、金の帯《おび》。相《あい》変《か》わらず派手《はで》ないでたちのサディーンが、こちらに歩いてきた。

王宮から帰ってきたばかりだというのに、彼の顔はすっきりと爽《さわ》やかだった。憑《つ》き物《もの》でも落ちたみたいだ。

「初めまして。サディーンと申します」

「娘がお世話になっています。あなたの前で、夫を目覚めさせたいの。よろしいかしら？」

「ええ、ぜひに」

よく通る声で、シェヘラの母はランプの呪文《じゅもん》を唱《とな》えた。もくもくと緑色の煙《けむり》があたりを包んで、続いてぼんっ！　と小気味《こきみ》よい爆発音《ばくはつおん》。

「いやー、まいったまいった……」

「父さん！」

シェヘラが駆け寄ると、魔人はにっこり笑って、抱き付く彼女をひとしきり撫《な》でた。

「シェヘラザード、久しぶりだね。ところでここはどこだ？」

「バスコーよ。父さん、盗賊《とうぞく》に攫われて、こんなところまで来たのよ。ここにいるギルドのみんなが助けてくれたの」

「ややあ、ずいぶん長旅になってしまったようだ。大変ご迷惑《めいわく》をおかけしました」

魔人フーガノーガは、筋骨隆々《きんこつりゅうりゅう》の体を窮屈《きゅうくつ》そうに折って、煙の中で挨拶《あいさつ》をする。

「うわあ、魔人⁉」

「本当に存在するのか……⁉　それともシェヘラの母ちゃんの手品《てじな》⁉」

「もしあれが本当にシェヘラの親父なら、シェヘラの母ちゃんの趣味《しゅみ》が壮絶《そうぜつ》すぎる」

思い思いの感想を述べながら、ギルドの若者たちはシェヘラの家族を囲った。

サディーンがフーガノーガの前に一歩進み出る。

「ご無事で何よりです。じつはもう一人、魔人のランプを預かっているのですが、お渡ししてもよろしいでしょうか」

「ふむ……お、懐《なつ》かしい。ジルータスじゃないか。どれ、私が開けよう。あいつの封印《ふういん》は私がかけたからね、私が目覚めさせるぶんには契約《けいやく》の縛《しば》りは関係ないんだ」

紫《むらさき》色の煙が爆《は》ぜた。口裂《くちさ》け魔人の登場に、いよいよ子どもたちは泣きだした。

「フーガノーガ！　ようやく見つけたよ！　あたくしを自由にしなっ」

「お前が人に対して意地《いじ》の悪いことばかりするから、封印されるはめになるんだろう。どれ、きちんと反省《はんせい》したか？」

「ああ。もういいからとっとと封印を解いておくれ！　あたくしはアフラ砂漠《さばく》の下に潜《もぐ》ることにするよ！　こんなちまちました人間の世界じゃ、娑婆《しゃば》の空気もおいしくないったら」

「いいのかね？　これを君の魔人にすることもできるが」

フーガノーガは、サディーンに尋ねた。サディーンは首を横に振る。

「自由にしてやってください。俺たちに悪さをしないなら、それでいい」

フーガノーガは、指先から強い光を出した。ジルータスのランプが焦《こ》げて砂になる。

「やっと自由だ！　じゃあね、お嬢《じょう》ちゃん。半魔人は行けるか分からないけど、潜るときは声かけな。あたくしは地下でのんびり暮らすことにするよ」

「お元気で」

突風《とっぷう》のように、ジルータスの姿が消えた。彼女のいた場所に、巨大な蟻地獄《ありじごく》のようなものが出現した。焦げたランプの砂をすべて吸い込むと、やがてそれは何事もなかったかのように消えてしまった。

「さて。娘を助けてもらったお礼をしなければならないね。君の名前は何と言ったっけか？」

「サディーンです」

フーガノーガは首を傾げて、もう一度尋ねた。

「違うよ。君が親から与えられた、本当の名前だ。それを知らないと魔法をかけられない」

「あ、あの父さん、サディーンはね……」

間に入ろうとするシェヘラを手で制して、サディーンはゆっくりと声に出した。

「シャフリヤール・ディオン・アラハバート」

ぱちくりと、フーガノーガはまばたきをした。

「やっぱり。その見た目、王族の人だと思った。ずいぶんといい名前をもらったね」

「父さん、冗談《じょうだん》はやめてよ。シャフリヤール王のこと、父さんだって知ってるでしょう」

「冗談じゃないよ。確かにシャフリヤールは、悪い王様の名前だ。だけど、その間に入っているディオンの意味、君は知っているか？」

「いえ……」

「古代アラハバート語で、打ち消す者、という意味だ。シャフリヤールを打ち消す者、それが君の名前の本当の意味だ」

シェヘラは、サディーンを振り返った。

サディーンは、金色の瞳をいっぱいに開いて、唇《くちびる》を少しだけ開けていた。

シャフリヤールを打ち消す者。ということは、アラハバート王は、サディーンを追い出すためにその名を与えたわけではない……？

「昔は、わざと悪い名前をつけて、間にディオンという言葉を使うこともあったんだよ。大きな可能性を秘めている子にそういった名を与えるんだ。千年の間に廃《すた》れてしまった風習を、君の親は知っていたんだね」

「じゃあ、あの男、いったいどういうつもりで、俺と母さんを……」

「何があったのか知らないけど、君は祝福されて生まれてきた。でなければディオンは使わない。これだけは間違いない」

やっぱり、アラハバート王に林檎を使ってよかった。

王が生きていれば、サディーンと父親の間に複雑《ふくざつ》に絡まりあった糸が、ほどける時がいつか来るかもしれない。

「君は何を望む？　あまりに突拍子《とっぴょうし》ないものは無理だけど、みっつ、君の努力に見合った願いを叶《かな》えてあげよう」

その言葉に、ギルド中が沸き立った。

サディーンは周囲の仲間たちを順番に見てから、

「まず、商売になりそうな絹糸《きぬいと》や果物《くだもの》の種をたんまりくれ」

囲んでいた仲間が、げらげら笑った。

「結局金かよ！　王城でたんまり貰ってきたくせに！」

「別にいいだろ？　絹織物で西洋人みたいなドレスを作ってみたかったんだ。売れるぜ？」

フーガノーガは、ふむ、と考えてから指先で円を描いた。どさどさと絹糸や布、果物の種が落ちてくる。

「これを使って自分で金を稼《かせ》ぐぶんには、人間界に大きな影響を与えないだろう」

仲間たちはそれをかき集めて、よっ！　と声を上げた。

「お父さま、太《ふと》っ腹《ぱら》！」

気をよくしたのか、フーガノーガは髭《ひげ》をいじりながら次を催促《さいそく》する。

「して、次は？」

「闇市《やみいち》に集められた盗品《とうひん》、すべて元の持ち主のもとに返してやってほしい」

「それは聞き届けるべきだな」

バスコーの街が、光った。

あらゆる場所から、青白い光が軌跡《きせき》を描《えが》いて飛んでくる。シェヘラたちの脇《わき》を通り過ぎ、それは一斉に北へ向かって流星群《りゅうせいぐん》のように広がった。

すれ違ったのは、腕輪や絵、巨大な壁画《へきが》まで。すべて盗まれた古代の宝たちだ。

「きれい……」

砂漠の夜に、光の糸が溶けてゆく。

「さあ。最後の願いだ」

シェヘラは、サディーンに近寄って、耳打ちをした。

「ねえ、お父様やお兄様のことについて、お願いした方がいいわ。名前のことは少なくとも誤解《ごかい》だって分かったんだし」

サディーンは、ふっと笑って、シェヘラの髪を撫でた。

「親父や兄たちのことは、俺自身の力で何とかしなきゃいけない問題だ。だから、シェヘラの親父さんに頼まなきゃいけない大事な願いを、叶えてもらうことにするよ」

サディーンはフーガノーガを見上げて、声を張った。

「最後のひとつ。娘さんを、俺にください！」

しばしの沈黙《ちんもく》の後、これ以上ないくらいの笑いと歓声《かんせい》があふれた。

「さ、サディーン。何言ってるの……!?」

「宴《うたげ》の後に、俺の家族になれって言ったの覚えてるか？　これが、俺の唇の取り立てだ、シェヘラザート。俺の妻としてギルドにとどまれ」

「つ、妻ぁ!?」

「俺は欲しいものは確実に手元において大事にしておきたいんだ。それなら、家族の中でも奥さんが一番だろ」

あまりのことに、開いた口《も》がふさがらない。フーガノーガも、この時ばかりは腕を組んで、ううむと声を漏らした。

「ええ……シェヘラザードはまだ、子どもだし……あげるわけにいかないよねぇ、母さん」

「あら、私は十六歳のとき、あなたと一緒になったのよ。ちっともおかしくないことだわ」

フーガノーガはしばし悩《なや》んでいたが、シェヘラの方へぐるりと体を向けた。

「お前はどうなんだ、シェヘラ。この人の奥さんになる気はあるのか？　その気がないなら、一緒に神殿《しんでん》へ帰ってもいいんだぞ」

「え、えっと……」

これ、サディーンの奥さんになるって言わなきゃイスプールに強制送還《きょうせいそうかん》されるってこと!?

おろおろと視線を泳がすシェヘラに、彼女の母は自らの首飾りをかけた。神子の装飾《そうしょく》品《ひん》らしく、質素《しっそ》で飾り気はない。けど、母さんの温《ぬく》もりが宿った、緑の石だ。

「あれ、これって失われた緑《ヴェルデ》の……」

「シェヘラ。難《むずか》しく考えなくていいの。あなたはこの人と一緒にいたいの？　そうじゃないの？」

サディーンが、真剣な目でこちらを見ている。ギルドのみんなと一緒にいるときのような、ふざけた雰囲気《ふんいき》は一切《いっさい》ない。歓迎の宴で彼女に向けたような、まっすぐな金の光だ。

難しく考えないで。自分の気持ちに、正直に。

「あたし……サディーンと、一緒に、いたい」

頬《ほお》に通う血が、逆流したみたいに熱い。それでもどうにか、たどたどしくそう答えると、首飾りの石が輝き出した。

「それがあなたの本心ね、シェヘラ。失われた緑は、その人の強い望みに反応するのよ。あなたは意地っ張りだから、こんなものでもないとね」

「まて、母さん、まだ娘をあげるとは……」

「往生際《おうじようぎわ》が悪いわよ？」

フーガノーガは未練《みれん》がましそうにしていたが、やがて娘の方へふよふよと移動した。

「いつでも帰って来い。神殿はお前の家だ」

「ありがとう父さん。あたしも、もう少し外で頑張《がんば》ってみる」

フーガノーガは、シェヘラの母を抱きかかえ、すさまじい砂塵《さじん》を巻き上げて、空の向こうへ消えていった。盗品の流星群の中、ひときわ大きく光って、イスプールへ飛んでいくのが見えた。

「さて。親御さんの許可《きよか》も貰ったことだし、婚礼の宴《うたげ》の準備をするか！」

サディーンの一言に、場が沸き立った。王家から届けられた食物や酒、フーガノーガが残していったお宝を抱えて、みなてきぱきと準備を始めようとしている。

「え、ちょっと待って！　いきなりすぎる！」

「何でだよ？　俺と結婚するんだろ？」

「だって、一緒にいたいとは言ったけど……夫婦になるつもりなんて」

夫婦。自分で言っておいて何だけど、なんだかこの単語、とっても生々しい。

「と、とにかく。絶対ごめんですから！」

「嘘つくなよ。石が光ってないぞ？」

「とにかく、絶対に、何が何でもお断りです！」

シェヘラの抗議《こうぎ》もむなしく、サディーンは彼女を抱き上げて、早くも祝いの踊《おど》りを披露《ひろう》し始めている仲間たちの元へ走ってゆく。

満天の星空の下、駆け出しの魔法使いを祝福するように、最後の宝がアラハバートの空を駆け抜けていった。

END.

あとがき

はじめまして。仲村つばきと申します。

第十四回えんため大賞ガールズノベルズ部門で特別賞をいただいた『アラハバートの魔法使い～柘榴《ざくろ》の乙女《おとめ》と不吉の王子～』を改稿《かいこう》した本作でデビューさせていただくことになりました。何とぞ、よろしくお願いいたします。


このお話は魔人が去った後の砂漠《さばく》を舞台《ぶたい》にしたアラビアンファンタジーになります。

シェヘラの使う魔法の道具や一部の登場人物の名前は千夜一夜物語からいただきました。

主人公たちの夢と冒険《ぼうけん》と、ときどき恋……を楽しんでいただけたら嬉《うれ》しいです。


それでは、ここからはお礼の言葉で埋《う》めつくしていきたいと思います。

まず賞の選考に携《たずさ》わってくださったすべてのみなさま、編集部のみなさま。ありがとうございました。

担当さま。受賞できて一番よかったのは、担当さまと出会えたことではないかなと本気で思います。一緒《いっしょ》にアラハバートを作れた約半年間はとても充実《じゅうじつ》した時間でした。ありがとうございます。

すてきなイラストを描《か》いてくださったサマミヤアカザ先生。いただいたラフを見たとき、サディーンの色気とシェヘラの可愛《かわい》さに感動しました。ラフは宝物にしています。

校正さま・デザイナーさまをはじめ本作のために尽力《じんりょく》してくださったみなさま。感謝してもしきれません。

処女作からほぼすべての作品に目を通し、愛のムチをくれた友人さやか氏。楽しく刺激《しげき》のある時間を共有してくださった投稿仲間のみなさん。受賞を喜んでくれた恩師・友人。本当にありがとうございました。


そして、この本を手にとってくださったまだ見ぬ読者のみなさま。

みなさまにお会いしたくて、私は筆《ふで》をとりはじめました。

物語は終わりましたが、みなさまに何かひとつでも楽しんでいただけたなら、これ以上の幸せはありません。

仲村つばき

■ご意見、ご感想をお寄せください。
《ファンレターの宛て先》
〒102-8431 東京都千代田区三番町6-1
株式会社エンターブレイン
ビーズログ文庫編集部
仲村 つばき 先生・サマミヤ アカザ 先生
《アンケートはこちらから》
http://www.enterbrain.co.jp/bslog/bslogbunko/

■本書の内容・不良交換についてのお問い合わせ。
エンターブレインカスタマーサポート：0570-060-555
（受付時間 土日祝日を除く 12:00〜17:00）
メールアドレス：support@ml.enterbrain.co.jp

B's-LOG BUNKO
ビーズログ文庫

な-5-01

アラハバートの魔法使《まほうつか》い

〜1ディナールではじまる出逢《であ》い！〜

仲村《なかむら》 つばき

2013年2月27日 初刷発行

発行人 浜村弘一
編集人 森 好正
編集長 森 好正
発行所 株式会社エンターブレイン
〒102-8431 東京都千代田区三番町 6-1
（代表）0570-060-555
発売元 株式会社角川グループパブリッシング
〒102-8177 東京都千代田区富士見 2-13-3
編集 ビーズログ文庫編集部
デザイン 島田絵里子（Zapp!）
印刷所 凸版印刷株式会社

ISBN978-4-04-728726-6

定価はカバーに表示してあります。

nterbrain Entertainment Awards

5回 エンターブレインえんため大賞

作品募集中!!

主催：株式会社エンターブレイン
後援・協賛：学校法人 東放学園

次選考通過者に
評価シート送付!
はすべての選考が終了した後になります。

【応募受付締切】
2013年4月30日
（当日消印有効）

応募資格】
年齢・性別・国籍は問いません。
選考】
好正（eb! 取締役）、ビーズログ文庫編集部
入賞発表】
013年8月以降発売のエンターブレイン刊
各雑誌。及び弊社ホームページ。

表彰・賞金

大賞】（1名）
正賞および副賞賞金100万
優秀賞】
正賞および副賞賞金50万
東放学園特別賞】
正賞および副賞賞金5万
東放学園特別賞は学校法人東放学園の在校生および卒業生の応募作品の中からもっとも優れた作品に与えられるものです。

●お問い合わせ先
エンターブレイン　カスタマーサポート
（ナビダイヤル）0570-060-555
●受付時間
正午～午後5時（祝日を除く月～金）
support@ml.enterbrain.co.jp

えんため大賞にご応募いただく際にご提供いただいた個人情報につきましては、弊社のプライバシーポリシー（URL http://www.enterbrain.co.jp/）の定めるところにより、取り扱わせていただきます。

詳しくは公式サイトをチェック↓↓↓↓

【応募規定】ガールズノベルズ部門

※前回と応募要項に変更がございますので、ご注意ください。

1） パソコン、ワープロ等で原稿を作成し、下記のふたつの方法で応募することができます。
A：プリントアウトでの応募。
A4用紙横使用。タテ組、40字詰め34行80～130枚で印刷。必ず1行目には「作品タイトル」、2行目には「氏名／ペンネーム」を明記のうえ原稿1枚毎にページ番号を記入。右上端をダブルクリップなどでとめてください。
B：データでの応募。
ウィンドウズで読み込み可能なフロッピーディスク、あるいはCD-ROMにテキスト形式で応募原稿のデータファイルのみを保存してください。原稿データの1行目には「作品タイトル」、2行目には「氏名／ペンネーム」を忘れずに記入してください。ディスクには必ずラベルを貼り、「応募作品のタイトル、氏名／ペンネーム」を明記してください。なお、編集部でデータを開く際に「郵送中の事故による媒体の破損やフォーマットの違いなどでデータが開かない」「明らかに原稿の改行が乱れていたり、文字化けがある」「テキスト以外の形式で保存してある」場合は、応募作品としてエントリーされません。確実を期する場合は、プリントアウトで応募してください。

2） いずれの応募の際にも、作品の梗概（800字以内）、エントリー表として以下の項目（タイトル／氏名※ペンネームの場合は本名も併記／生年月日／郵便番号、住所／電話番号／メールアドレス／職業／執筆歴／小説賞への応募歴）を記入したものを必ずプリントアウトして添付してください。※手書きでも可

3） 手書き原稿での応募は不可とします。

4） 応募作品は、日本語で記述された応募者自身の創作による未発表の作品に限りますが、応募者自身が作品の削除・修正等が可能な非営利目的のウェブサイトでの公開については、未発表作品とみなします。ただし、応募の際には、該当する「サイト名」・「URL」・「公開期間」を明記のうえ、本賞への応募期間中（投稿～結果発表まで）は、当該作品の掲載を取りやめてください。
なお、入賞作品については、株式会社エンターブレインが、作品の出版（電子書籍、CD-ROM等の電子メディアを含む）、映像化、公衆送信（インターネットでの配布、販売）等に関する独占的権利を取得できるものとし、賞金の支払い時に契約を締結します。
※選考に関してのお問い合わせ・質問には一切応じかねます。
※応募作品の返却はいたしません。

【応募方法＆宛先】 原則として郵便に限ります。

〒102-8431　東京都千代田区三番町6-1　（株）エンターブレイン
第15回 エンターブレインえんため大賞
ガールズノベルズ部門係

http://www.enterbrain.co.jp/entertainment/